# YOUNG MAN

JOANN SFAR

GALLIMARD
BANDE DESSINÉE

Pour Tautmina, Raoul et Ilyusha.

Vendredi 23 juin 2023.

Je suis au café Le Rouquet à Saint-Germain-des-Prés. Je suis prof aux Beaux-Arts de Paris depuis sept ans et je démissionne. À cette occasion j'ai convié mes élèves à prendre un verre. Ils arrivent dans une heure. Lorsque j'ai demandé à l'administration de l'école s'ils voulaient mon aide pour la recherche d'un remplaçant qui pratiquerait les bandes dessinées, on m'a répondu : "dans ton cas, ça faisait surtout sens à cause de ton lien privilégié avec l'école."

Je démissionne parce que entre cette école et moi, tout va bien. Le seul problème, ce sont les bandes dessinées. Personne n'en veut, comme disait Joann SFAR en 1992.

Louise rentre du Japon demain avec notre petit garçon Ilyusha qui a 3 ans. Nous partons dans le Sud pour fêter nos sept ans ensemble. Raoul a 20 ans et s'installe à Montpellier pour poursuivre ses études. Tautmina a 23 ans et entre dans la vie active. J'ai terminé un carnet pour Gallimard : "Tel Aviv-Colorado" mais il ne paraîtra pas tout de suite. J'ai fini un gros album, "Les Idolâtres", qui sortira en janvier prochain et évoque mon rapport au dessin, à l'absence de ma mère, ainsi que les nombreux échecs du début de mon parcours d'auteur.

En octobre commence une grande exposition au MAHJ consacrée à mes dessins. Pour cette expo il a fallu replonger dans trente et quelques années d'archives. J'ai écrit et dessiné "Les Idolâtres" sans rouvrir ces vieux carnets.

Les plus anciens sont rassemblés dans cet ouvrage, "YOUNG MAN". Il est un peu différent de mes autres carnets.

Pourquoi ce carnet est-il différent des autres carnets ?

Depuis "Harmonica", tous mes carnets sont faits pour être lus. Dès leur rédaction je sais que je m'adresse au public. J'ai pour modèle des Philip Roth ou des Larry David qui font de l'intime un terrain d'exploration dramaturgique. Cela présuppose une capacité universelle à pleurer et rire des mêmes choses. Tout repose sur le "si un type se croit différent des autres, tu peux être sûr que c'est un con !". J'écris ces carnets pour saisir le "chiffre esthétique de l'existence" et le communiquer. Ça me fait un bien fou de les savoir suivis par un public peu nombreux mais fidèle. Finalement, les règles qui président à leur rédaction ne sont pas tant éloignées de mes autres travaux de fiction. Tout ce qu'ils contiennent est vrai, mais j'insiste pour qu'on les range dans l'étagère du romanesque.

"YOUNG MAN" n'a rien à voir. Il s'agit d'une soixantaine de carnets écrits et dessinés entre l'année de mon entrée aux Beaux-Arts et la naissance de mon premier enfant. Aucune de ces pages n'a été conçue pour être lue.

Ce sont les travaux d'un jeune homme émotif qui fait de son mieux pour être publié et qui n'y parvient pas.

- Nous avons fait un gros travail de montage afin que ces carnets soient lisibles car les originaux contiennent infiniment plus de dessins que de textes. Il s'agissait avant tout de cahiers de dessins, de peintures et de cours. De temps en temps j'écrivais quelques mots. Pour vous donner une idée, lorsque vous trouvez un cheval dans les pages qui suivent, il en existe cent dans les vrais cahiers. Autant de radiateurs, de squelettes, de pipes ou de revolvers. Nous avons écrémé afin que ce ne soit pas trop fastidieux.

- La mort : au feuilletage j'ai été surpris par l'angoisse et la morbidité de l'ensemble. Ce n'est pas le souvenir que j'ai de ces années. J'étais vraiment un rigolo, je crois, et j'étais très heureux. Mes grands-parents mouraient, mon père me terrifiait et j'avais peur de ne pas réussir à devenir dessinateur ou peintre ou auteur de philosophie. Mais je vivais à Paris, j'étais amoureux et très entouré, d'amis intimes et de connaissances bruyantes. J'avais deux chats.

- Contexte : Je suis né à Nice en 1971. Avant mon bac j'ai commencé à étudier le dessin et la peinture à la Villa Thiole. J'ai ensuite passé une licence de philosophie à Nice. Au moment de ma maîtrise, je suis admis aux Beaux-Arts de Paris. C'est là que débute « Young Man ».

• Difficile de chapitrer cet ouvrage car les choses se chevauchent. Je passe ma maîtrise de philo à Nice pendant mes études aux Beaux-Arts de Paris. Et j'intègre l'atelier Nawak avant d'avoir terminé les Beaux-Arts. Je n'irai jamais au bout, ni de mes études de philo ni des Beaux-Arts.

Philo : Je passe ma maîtrise, mon mémoire obtient une mention très bien. Je m'inscris à la Sorbonne pour ma thèse. Mais le directeur de thèse devient fou ! On l'attrape en train de sauter du haut des armoires comme Greystoke. J'utilise cet événement pour tout laisser tomber. Et je mens à mon père. Je lui promets que je ne mange pas de jambon et que j'écris une thèse.

Beaux-Arts : J'aime la morphologie et mes profs de morpho. Sans Debord, Comar et Fontaine, je serais incapable de dessiner. Mais le reste de l'école m'emmerde. Ils ne savent pas quoi faire de moi et je le leur rends bien. Je sais que ce diplôme ne sert à rien. Le jour où on me suggère que mes bandes dessinées seraient plus intéressantes si je les dessinais sur pierre lithographique, je m'en vais.

L'argent : mon père paie mon loyer et rien d'autre. Je suis un gosse de riche mais il veut que je me débrouille. Il me soutient dans tous mes projets artistiques mais il souhaite que cela soit un métier. Sur ce point précis, je lui voue aujourd'hui une immense reconnaissance !

• <u>La Thaïlande</u>. Après ses études et après avoir été hôtesse de l'air pour assouvir son goût des voyages, Sandrina apprend le thaï à l'inalco. Puis elle devient professeur de français à Bangkok, dans un rajabhat, l'équivalent des Community College américains. Elle vivra deux ans en Thaïlande et moi je ferai beaucoup d'aller-retour. C'est l'époque des premiers "Petit Vampire" ou "Donjon". On communique par fax avec la France. J'ai énormément dessiné en Thaïlande, malheureusement je crois que beaucoup de carnets ont été perdus. J'étais très intimidé par les Thaïs car j'avais toujours peur de faire quelque chose de malpoli sans faire exprès. Par exemple s'asseoir les pieds vers une personne, c'est discourtois. L'humour et le dessin m'ont beaucoup aidé à briser la glace. Être celui qui dessine m'a toujours sauvé. Je repense à la colère que j'avais éprouvée en voyant un Allemand pachydermique d'environ 70 ans qui visitait une ferme de reptiles en compagnie d'une fille hmong d'une vingtaine d'années. Tout ce que j'ai trouvé à faire fut de le dessiner. Les Thaïs présents ont regardé mon dessin et ils ont ri. La fille hmong aussi. Le monsieur allemand non.

Je me rappelle cette histoire car il s'agissait d'un dessin sans aucun commentaire. Je crois qu'on s'en rappelle toute la vie, des fois où un dessin a suffi.

# Les ateliers

• Lorsque je m'ennuie aux Beaux-Arts, Christian Aubrun m'apprend l'existence de l'atelier Nawak où travaillent Lewis Trondheim, David B., J.-C. Menu, Émile Bravo, Brigitte Findakly, Jean-Yves Duhoo, Joelle Jolivet, Tronchet et Jean-Pierre Duffour.

J'y vais! Je suis reçu par Lewis et David et Menu. L'Association existe depuis peu. Ils me proposent de dessiner un "patte de mouche" et de participer à Lapin n°4.

Les membres de l'atelier acceptent de me faire une place. Pour payer le loyer de l'atelier, j'accepte tous les travaux dont les autres ne veulent pas. Cet atelier a été la meilleure école dont on puisse rêver.

Christophe Blain a intégré l'atelier quelques semaines avant moi. Emmanuel Guibert est arrivé quelques semaines après. Ce sont tous mes amis, mes maîtres et mes frères. Frédéric Boilet est arrivé à peu près en même temps.

• L'atelier ferme. Je ne sais plus pourquoi ni quand. Lewis et Brigitte sont partis vivre à Carpentras. On trouve une aubaine: une famille propriétaire d'un appartement en duplex 15 place des Vosges est en conflit judiciaire. Ils sont en indivision et sont en désaccord pour voter des travaux. Le bien est donc insalubre et impropre à une location à usage d'habitation. Cet appartement deviendra L'Atelier des Vosges. Emmanuel Guibert, Christophe Blain, Florence Sterpin, Émile Bravo, Marc Boutavant, Hélène Micou, Frédéric Boilet, Tronchet et moi en serons les fondateurs. Marjane Satrapi nous rejoint un an après.

• L'atelier Nawak était dur. La présence du Noyau dur de l'Association mettait une forme de gravité, y compris dans les moments marrants. L'Atelier des Vosges sera l'inverse. J'ai eu une enfance austère, écrasé par le chagrin et la discipline paternelle. Je crois que Christophe ou Emmanuel ou Émile ont autant que moi la haine du sérieux et de la hiérarchie. L'Atelier des Vosges a été un repaire de sales gosses. Ce fut ma "France Libre" et notre rêve anarchiste.

Ce carnet est à cheval entre ces deux ateliers. La S.N.B.D, Société Nationale de Bandes Dessinées, à savoir une société civile de moyens pour louer un atelier Rue d'Aveon, puis Rue Alibert, avec Mathieu Sapin, Riad Sattouf et Christophe Blain, sera inaugurée des années plus tard.

Je suis déçu, en parcourant "Young Man," de constater que ce carnet ne dit presque rien des épopées que nous avons vécues ensemble, le bataillon des fous du dessin.

Voilà trente ans que je veux faire un livre immense sur nos aventures. Je me rappelle TOUT : ça tient des "Trois mousquetaires," des guerres Picrocholines et des "copains d'abord." Je repousse. Car je sais que ce Livre fera des centaines de pages. Et parce que j'ignore si j'ai le droit de l'écrire. Chacun des samouraïs du dessin aurait autant de légitimité que moi à conter ces "heures de grande aventure".

J'ignore si on a le droit de dire les péripéties d'autres conteurs que soi. Donc voici "Young Man" qui me contient quasi rien. que je lis entre les lignes.

Le pire qui puisse vous arriver, me disait Clément Rosset, serait qu'on vous comprenne. S'il faut prendre la littérature sous l'angle du mystère et de l'incommunicable, le présent carnet est en plein dedans.

Sfar Joann

Livre de cours, de dessin et de croquis

Commencés à Paris durant le mois d'Octobre 1992.

on dit souvent qu'il n'y a pas de mauvais outils mais seulement de piètres ouvriers. malgré le côté luxueux de ce livre, j'ai quand même l'impression que le papier que j'ai acheté ne supporte pas bien l'encre.

2, rue Guisarde. 75006 Paris. 46.33.72.24.

Jeudi 29 octobre 1992. Cours magistral de morphologie
M. Debars.

il s'agit du 4e cours de l'année. Les 2 premiers sont consignés dans le petit carnet vert à tranche jaune. J'ai été absent au troisième parce qu'à cause de mon crâne tondu, j'ai attrapé une rhinopharyngite.

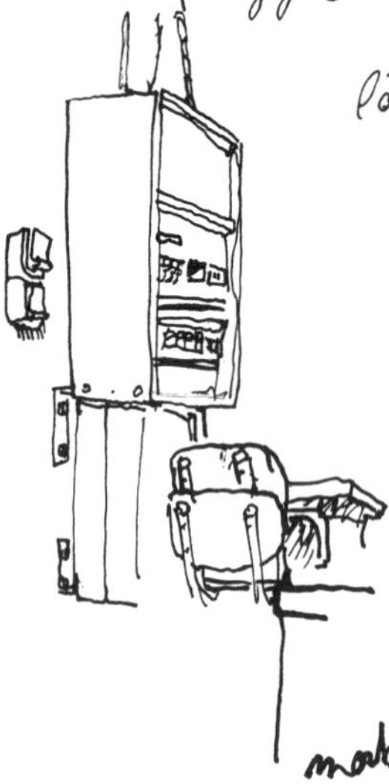

l'os prédominant d'un bassin, c'est celui-là

Montaigne : "je n'enseigne pas, je raconte."

on a vu un très joli bassin de dromadaire avec de magnifiques épines antérieures et supérieures.

lalala ce sacrum, une merveille.

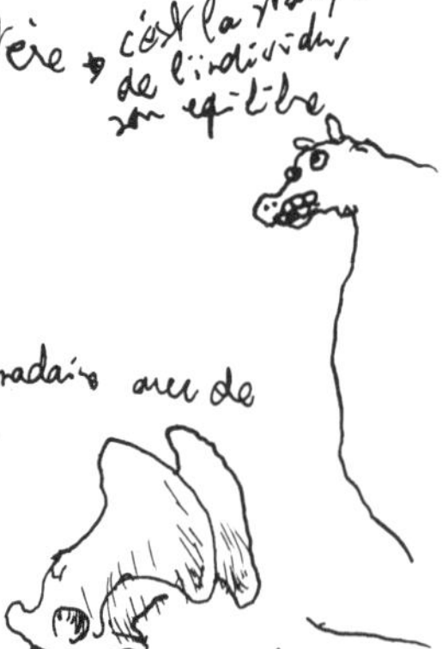

la rotule ne sert pas à empêcher que la jambe parte en avant. Ce sont des ligaments croisés qui bloquent la jambe.

la rotule crée une poulie de réflexion. elle crée de la puissance pour donner un point d'appui si l'on soulève, par exemple, un poids à porter sur le dos.

un bassin masculin de profil

truc : on utilise une croix de Saint-André.

chez l'homme, le bassin monte plus en hauteur que chez la femme. par contre, chez la femme, de face, les épines antérieures et supérieures sont écartées

femme :

Le fémur.

AM. Cassandre. Ça n'est pas que la mijaurée de Ronsard mais également le maître de Delors. Peintre, décorateur de l'étoile du Nord. Dubonnet et autres affiches. Ce Cassandre disait donc : quand tu dessines une courbe, pense la droite qui la sous-tend.

le bassin doit tenir deux fois dans la hauteur du fémur

courbure et ... de l'os

on ne dit pas colonne vertébrale mais plutôt rachis.

on tient debout par un équilibre de forces.

un troisième bassin plus antéversé.

entre le trochanter et l'aile illiaque, il n'y a pas de vide mais un muscle

il y a une véritable plaque tendineuse sur l'extérieur de la cuisse.

La galerie privée de la section morphologie à l'École des Beaux-Arts de Paris

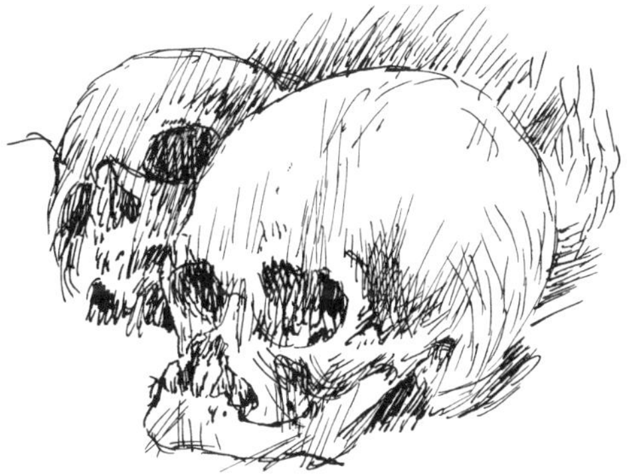

vitrine : embryon de chien
plâtre.

vitrine : petits singes momifiés.

tête de singe momifiée devant ce qui pourrait être le moulage
de deux embryons de chien.

Vitrine.
(à caractère pseudo-philosophique?)

L'agencement est-il fortuit ou est-ce une séquelle de cette tristement naïve période où l'on se plaisait à dénombrer les différentes "races" humaines sans prendre plus de précautions que s'il s'était agi de bêtes?

J'ai fini par me faire virer de l'atelier Carron car j'y avais oublié une carcasse de mouton. Circonstance aggravante, j'étais très amoureux de Sandrina et donc très fidèle. Je ne participais pas à l'hyperactivité sexuelle de l'atelier. Chez les bonobos et dans certains groupes humains, la frénésie copulatoire apaise paraît-il les tensions. Un jour une fille m'a dit : "que faut-il faire pour que tu t'intéresses ?" Et une autre qui pensait me vexer a répondu : "il n'aime que les monstres et les morts."

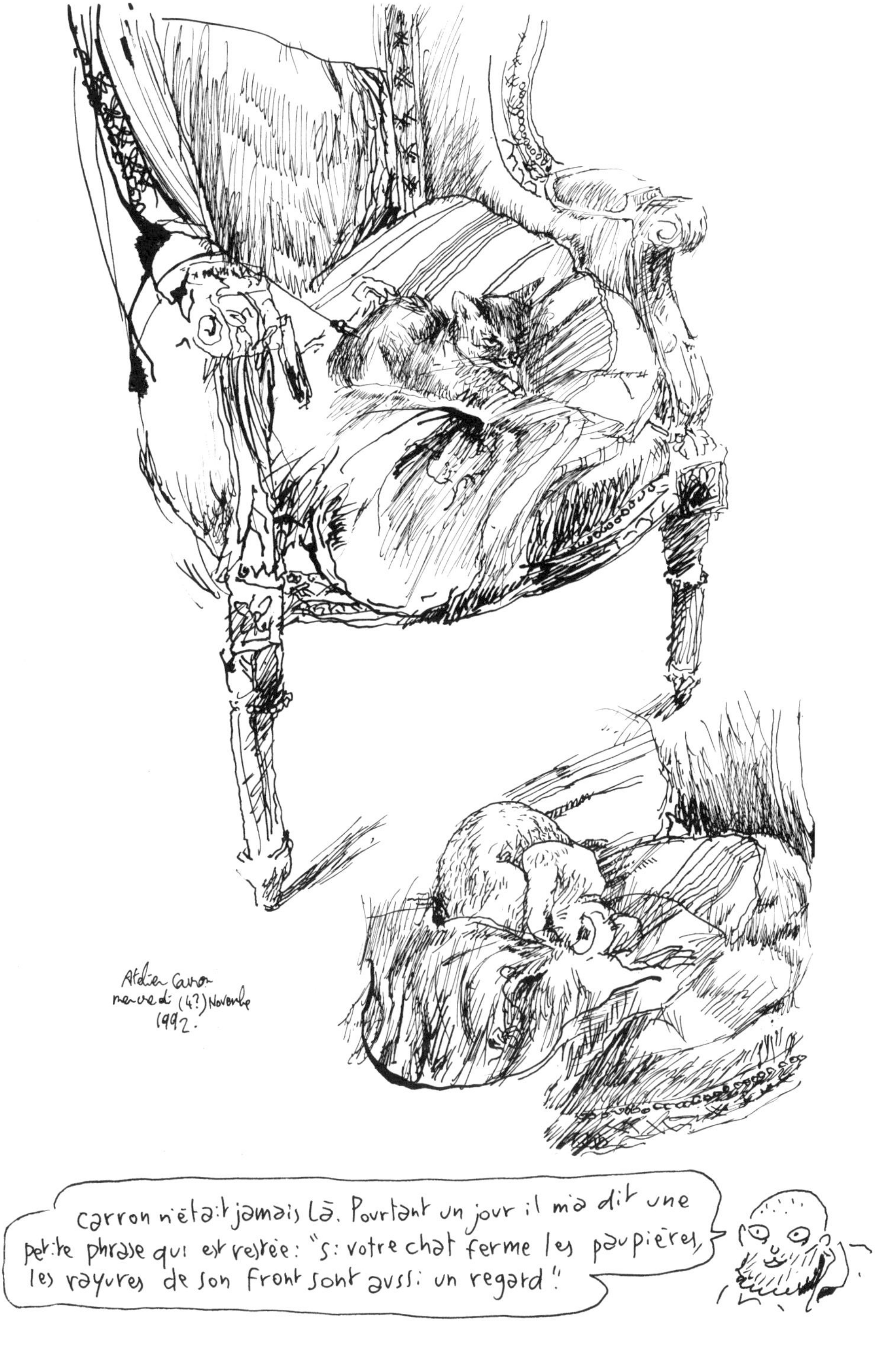
Atelier Carron mercredi (4?) Novembre 1992.
Carron n'était jamais là. Pourtant un jour il m'a dit une petite phrase qui est restée : "Si votre chat ferme les paupières, les rayures de son front sont aussi un regard".

Le jardin des plantes
avec le chat!!

"avec le chat" signifie que mon chat Soliman, tenu par un harnais, était dans mon manteau.

Je me souviens qu'il feulait brièvement face au Lion
PSHH!
Puis il fermait sa gueule, caché derrière mon carnet.

Il faut préciser que ces horribles poignets d'homme et cette main simiesque ne sauraient être confondus aux jolies menottes de Sandrina. C'est une erreur de ma part.
J.

7 novembre. opération "Perce-neige" (brise-burner?)
Dessinateurs BD admis en Sorbonne : historique.

jodo : coupé, on dirait gainsbourg

la Katedralla

Fred et Druillet sur le même pupitre. c'est strange.
Fred a dit qu'il m'accorderait un entretien. j'espère qu'il le fera

Le Borgne Gaucher
boit la tasse
du fou.

dimanche 22 Novembre 1992.
en charmante compagnie
(Alain et Sandrina).

Entre 14 et 24 ans j'envoie en permanence des projets aux éditeurs. La plupart me daignent même pas répondre. Les rares qui ont la gentillesse de me recevoir pour m'expliquer que mon travail n'est pas au point se font incendier dans mes carnets. C'est fort injuste de ma part et je leur présente, rétrospectivement, mes excuses.
G. Doré à Londres.
Y. z'ont dit qu'on dessine mal chez Delcourt.
Là, c'est la défense adverse, ils veulent de la BD plus lisible.
qu'a aucune chance d'être publié
ON VA LUI MONTRER À C'T'EMPAFFÉ.
La vengeance est un plat qui se mange froid

François Fontaine, Philippe Comar et bien entendu Jean-François Debord m'ont tout appris en dessin. Il existe encore un amphithéâtre de morphologie mais l'enseignement de ces trois-là reste à mes yeux sans équivalent.
Le 2. Décembre
mais oui, ils sont pas mal vos dessins.. sinon vous faites quoi ce soir?
La Fable de Fontaine sur sa toile perché.

J'entends que les maîtres de musique ou de danse ont pu être impitoyables dans le passé. Dans mon souvenir, les larmes qu'on doit au dessin ne sont pas moins douloureuses. J'ai cessé d'être professeur aux Beaux-Arts il y a trois heures. En sept ans d'exercice je ne me suis jamais autorisé la dureté de mes maîtres. Ce n'est pas moi. Et l'époque ne l'accepterait pas. Un aveu : j'ignore comment on peut acquérir le dessin sans les larmes que je dois à Debord, Comar et Fontaine. Ce ne sont pas eux qui étaient durs, c'est le dessin !
il ne faut jamais dire Fontaine "je ne boirai pas de tonneaux" parce que qui a bu boira.
WA ! C'EST COOL TES DESSINS ! T'UT'ES TORCHÉ POUR LES FAIRE ?
AH NON. C'EST CONCEPTUEL
hé ben ! j'ai pas les plus futés c't'année !
oua l'autre hé ! y fait du conceptuel avec les Doors j'aurai tout eu !!

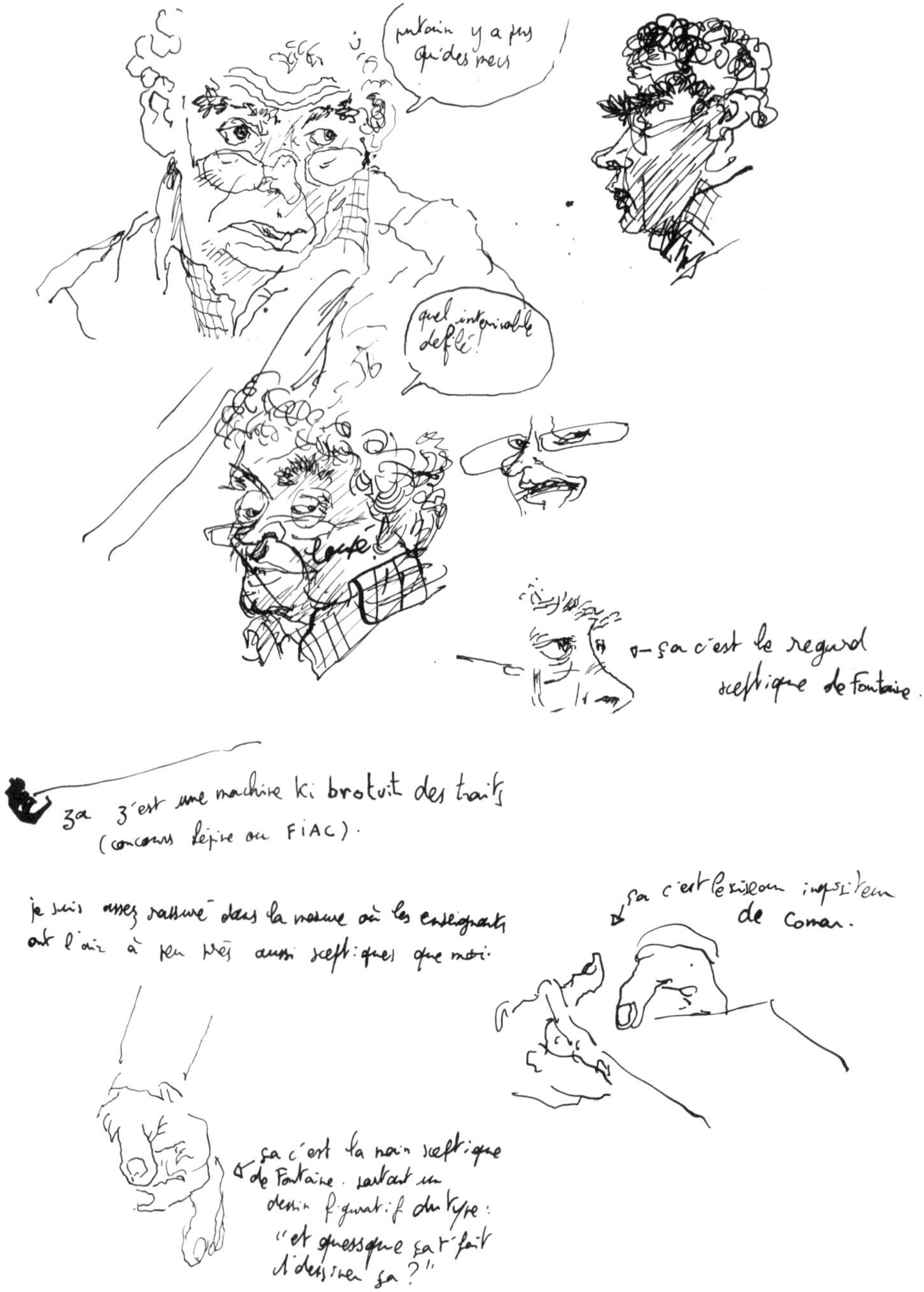
putain y a plus qu'des mecs
quel interminable défilé !
louche !
ça c'est le regard sceptique de Fontaine.
ça c'est une machine ki produit des traits (concours Lépine ou FIAC).
je suis assez rassuré dans la mesure où les enseignants ont l'air à peu près aussi sceptiques que moi.
ça c'est le ciseau inquisiteur de Coman.
ça c'est la main sceptique de Fontaine. scrutant un dessin figuratif du type : "et qu'est-ce que ça t'fait d'dessiner ça ?"

allez hop j'envoie Conan (pas encore trouvé de bon mot avec son nom de famille. Pas plus qu'avec son prénom).
t'es vachement volumétrique toi comme mec.
bon alors, vous allez me prendre : une après-midi de morpho par semaine. deux T.P et un peu de vitamine C

monsieur Fontaine distille d'excellents conseils. goutte à goutte...
bon alors on va prendre un verre?

Je crois que ce moustachu est un modèle. Il existait encore des poses à l'ancienne, avec exhibition de gros muscles et escalade le long de cordages. Debord prohibait tout cela, il voulait le naturel, la vie et le mouvement.
beaucoup de noblesse chez ce monsieur
ça ferait une superbe vanité : des ossements entassés près d'un évier et d'une bouteille de liquide vaisselle

voilà, tout ce qui précède, c'était le 2 Décembre durant un examen de morpho. moi, j'ai oublié mes travaux. je les emmènerai la prochaine fois.

s'il y a quelqu'un que j'aime beaucoup aux Beaux-arts, c'est bien monsieur Pincas.

De mémoire, il ressemble à peu près à ça.
il m'a parlé qu'une fois mais ça m'a impressionné.
il a fait la couverture du "Golem" de Moshe Idel.
c'est sublime. s'il l'a fait d'après photo, c'est décevant, sinon ...

la voix du futur (2 Mai 1993) : oui, il l'a fait d'après une photo et c'est très décevant.

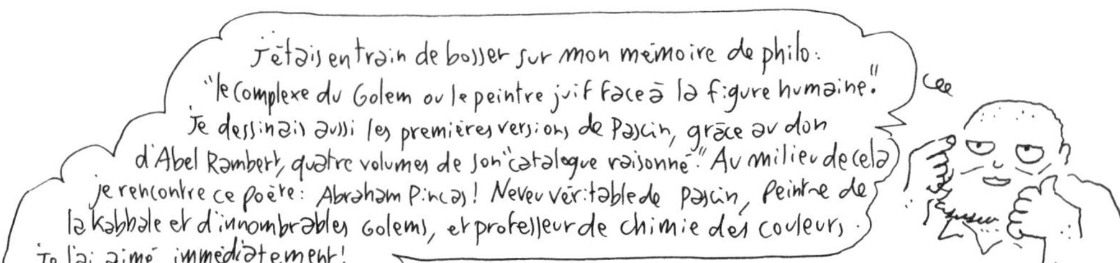

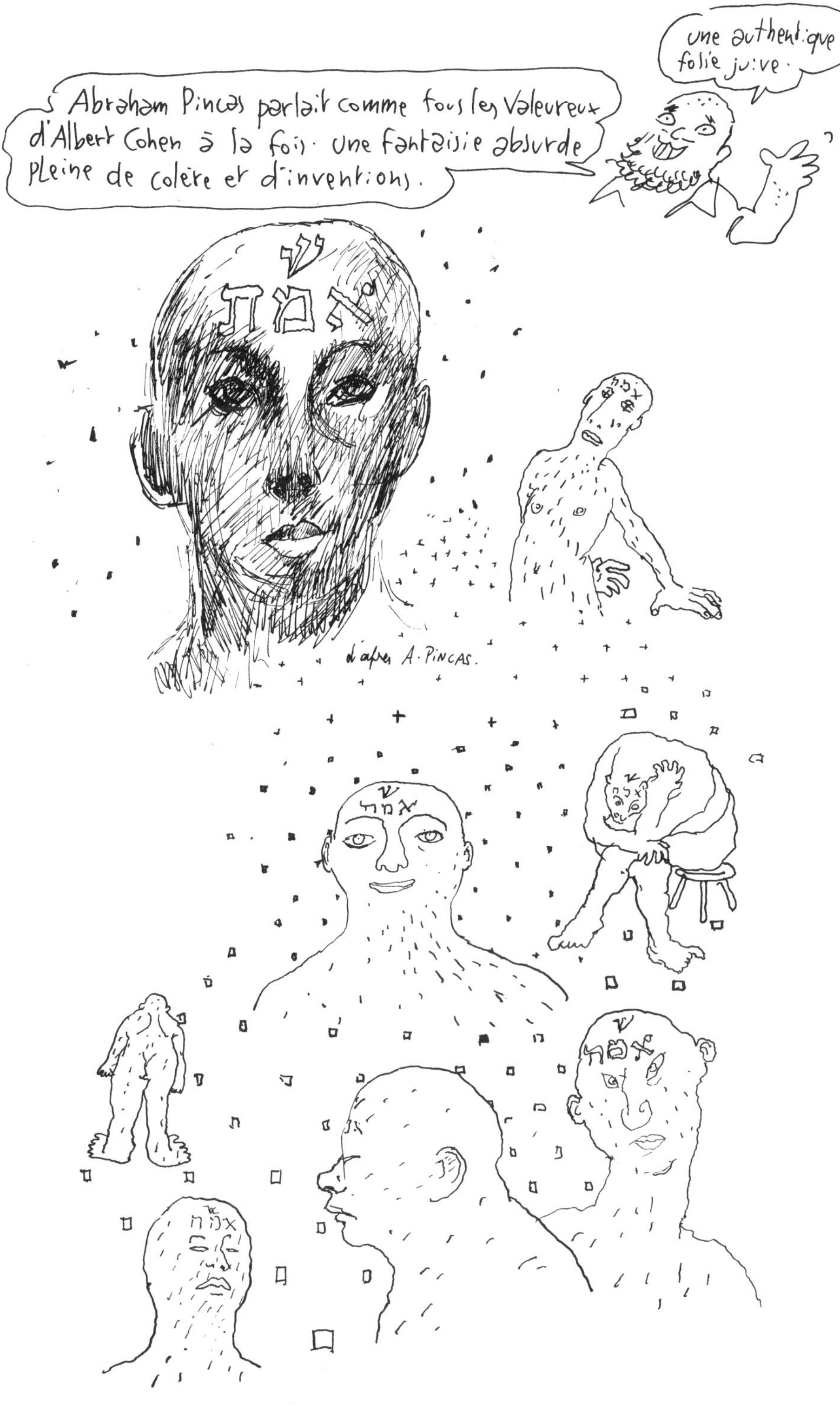
Abraham Pincas parlait comme tous les Valeureux d'Albert Cohen à la fois : une fantaisie absurde pleine de colère et d'inventions.
une authentique folie juive.
d'après A. Pincas.

Le 9 Décembre. Retour à l'amphi de morpho. Mais ce coup-ci, c'est moi qui vais passer. Mon nom (je suis en retard) vient clore une interminable liste. À quelle heure vais-je bien passer ?

Voir ces dessins de l'école le jour où je démissionne, c'est écrasant. Le sens à donner : ce superbe asile de fous ne changera jamais. C'est la plus grande école d'art au monde. Pour cela elle est inutile.
J'ai vu passer aux Beaux-Arts tant de directeurs et d'enseignants. Chacun avec autant de grandes idées et de bonne volonté que moi. Ils passent, moi aussi, l'école demeure. Rollet dirait : "permanence tragique."

c'est toujours pas à moi. mais quelle heure peut-il bien être ?

Souvenons-nous du cours : ce bassin est long
et anguleux. c'est un bassin masculin. le derrière
en est usé ce qui signifie que son détenteur
restait souvent assis à ne rien foutre :
c'est un bassin méditerranéen.

Copies de Jacques Callot

dessins faussement attribués à Rabelais ?

Voyez-vous, nous sommes à cheval sur certains principes.

Voicy la substantifique moelle épinière de la philosophie de Descartes.

d'après un admirable petit moulage vu dans la galerie morphologique de l'École des Beaux-Arts.

Philippe Comar a depuis beaucoup écrit sur ce buste. C'est un moulage du crâne de Descartes. Pour voir ce que sa cervelle avait de singulier?

Jeudi 10 Décembre 1992. retour au cours magistral de morpho. Enfin!

Hier examen de morpho. très positif. Tous ces compliments font chaud au cœur après la cruelle déconvenue et la déprime succédant à l'affaire Delcourt. Aujourd'hui, j'ai déposé chez FLUIDE les 2 premiers épisodes « D'Osson Hyssidouk. » Je ne sais pas pourquoi mais ce coup-ci, j'ai le fol espoir que cela soit pris. Dorénavant, il faudra être assidu en morpho. Et même essayer de suivre les 2 T.P. Vœux pieux mais c'est l'époque qui veut ça.

" qu'elle est belle la liberté
la liberté . battu de
soleil et de vent perdu
au milieu des étangs
on vivra bien contents
mon taureau . sa camargue
et moi ... "

26 janvier 93. sortie de défilé Chanel aux Beaux-Arts. pas pu dessiner les singes enturbannés. trop froid.

et toujours le terrible radiateur.

À l'époque je suis très en colère lorsque l'école loue ses locaux pour la mode.
Depuis je sais que c'est une nécessité pour l'équilibre économique de l'établissement.
J'aimais mieux ne pas savoir et garder ma jeune rage.

Lorsque Debord est arrivé aux Beaux-Arts en 1968, il a fait brûler le matériel de dissection et interdit les cadavres. Voici un modèle vivant. Quelques pages plus loin vous verrez mes dessins d'autopsie et vous penserez comme Debord. Bien entendu, il avait Raison.

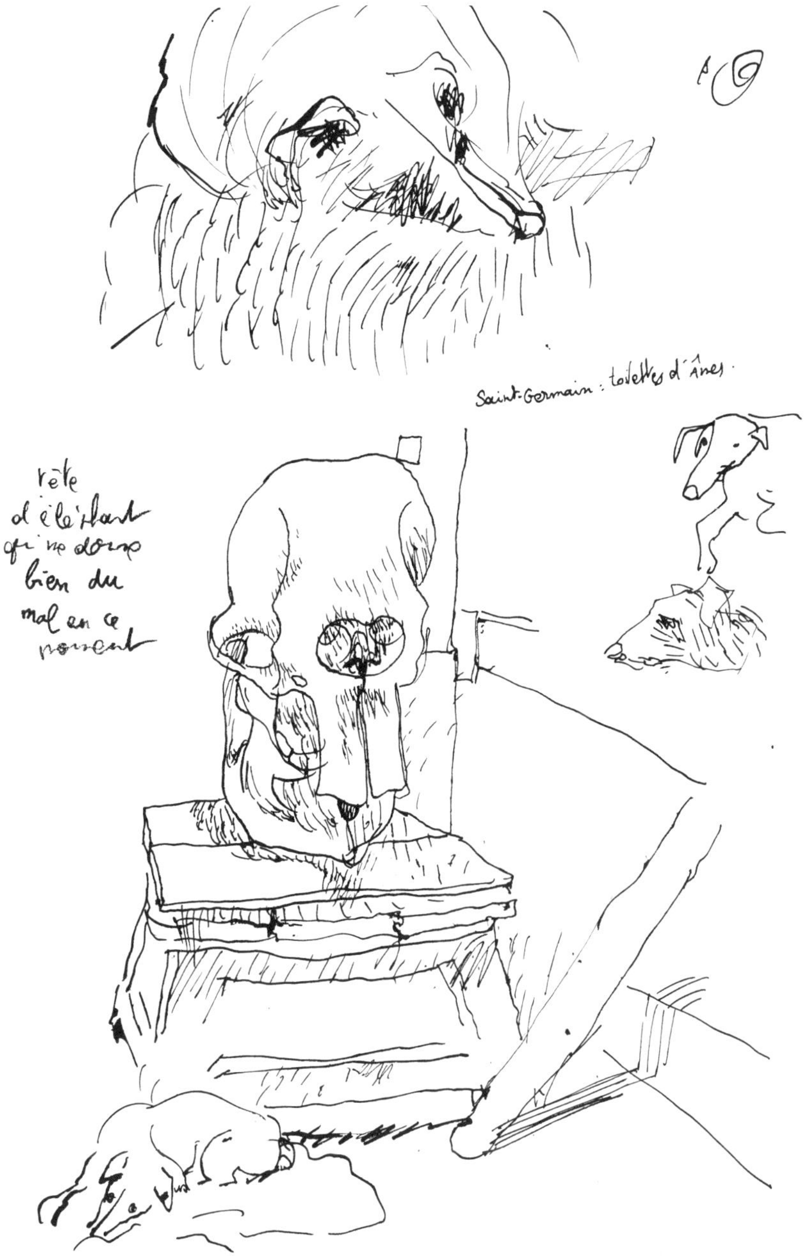
Saint-Germain : toilettes d'ânes.
tête d'éléphant qui me donne bien du mal en ce moment

33
54

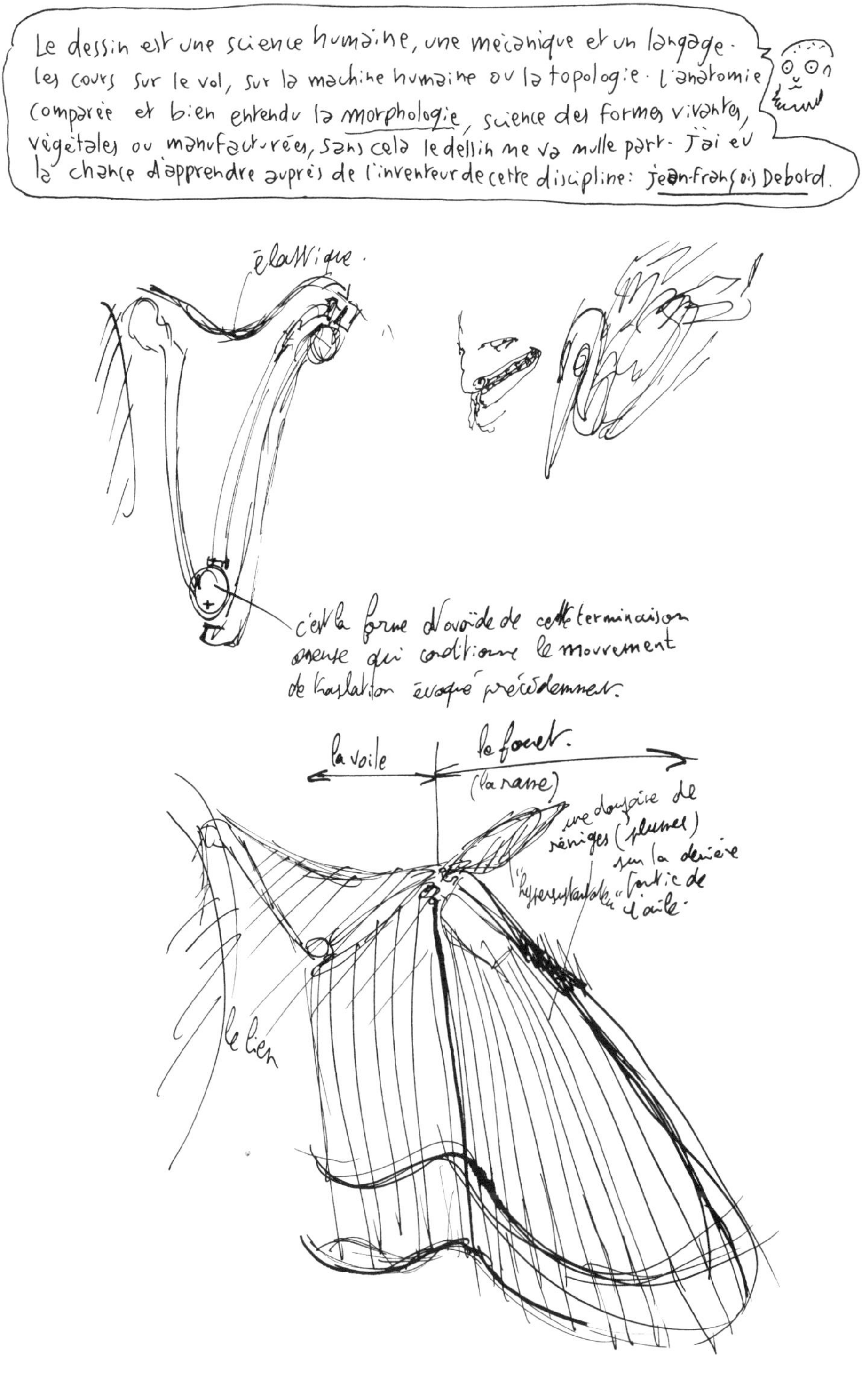
Le dessin est une science humaine, une mécanique et un langage. Les cours sur le vol, sur la machine humaine ou la topologie. L'anatomie comparée et bien entendu la morphologie, science des formes vivantes, végétales ou manufacturées, sans cela le dessin ne va nulle part. J'ai eu la chance d'apprendre auprès de l'inventeur de cette discipline : Jean-François Debord.
élastique.
c'est la forme d'ovoïde de cette terminaison osseuse qui conditionne le mouvement de translation évoqué précédemment.
la voile
le fouet.
(la rame)
une douzaine de rémiges (plumes) sur la dernière partie de l'aile.
"hypersustentatrices"
le lien

1re articulation : il faut un cylindre, il y a une trochlée
c'est encore mieux, ça permet de bloquer le mouvement.

cupule : pour que ça puisse également tourner sur soi-même

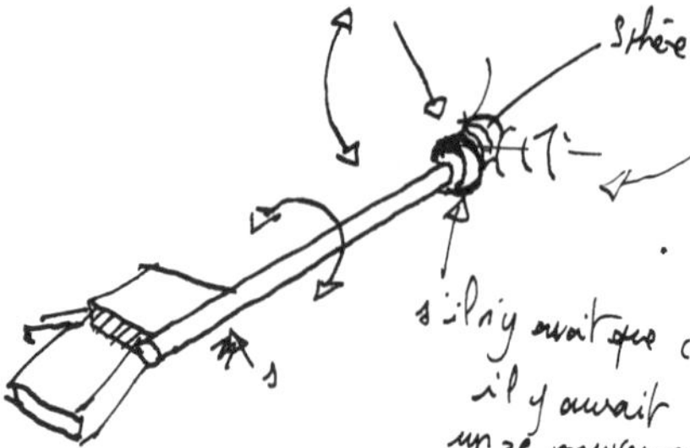


s'il n'y avait que cela,

il y aurait un 3e mouvement de liberté (latéral celui-là). c'est pourquoi il faut un tenon pour empêcher cette 3e liberté qui empêcherait le travail des muscles

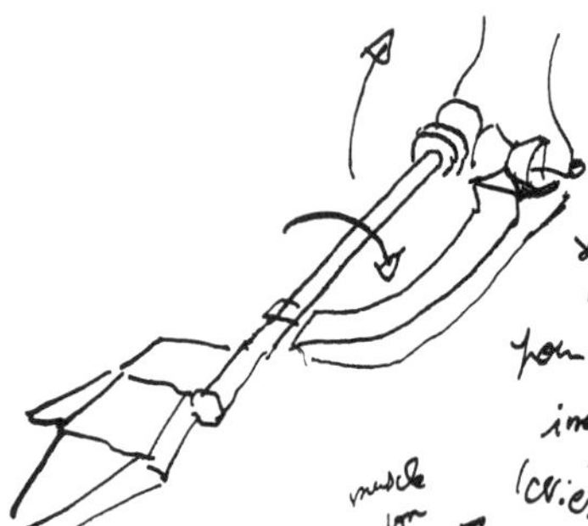

cette solution là serait viable mais il va falloir la modifier pour installer les muscles. imaginer des bras de leviers etc..

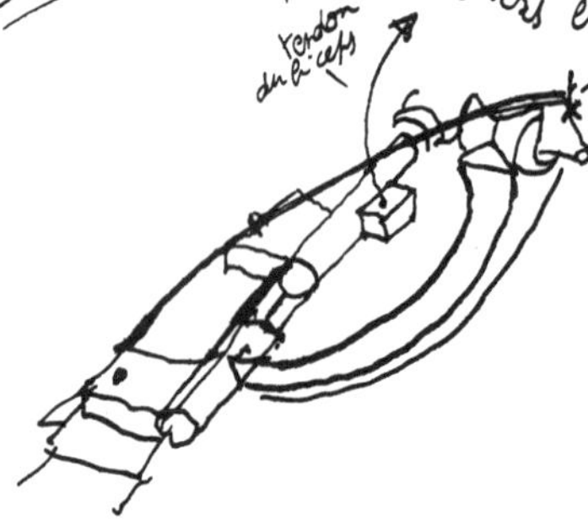


muscle pronateur
tiré en diagonale
en manque de puissance.
on tire trop vers l'arrière.

il soude les os, il est caustique.

Je me cherche des boulots. Philippe Comar me trouve un stage au laboratoire d'anatomie comparée rue Buffon. Je passe quelques mois parmi les bocaux de monstres et les squelettes de girafe. Le professeur Bell est né là-bas.

Labo d'anatomie comparée. Rue Buffon.

1) la nature aussi fait des bêtises:

j'ai vu le siamois dont s'est servi Tardi pour un des personnages d'Adèle Blanc-sec

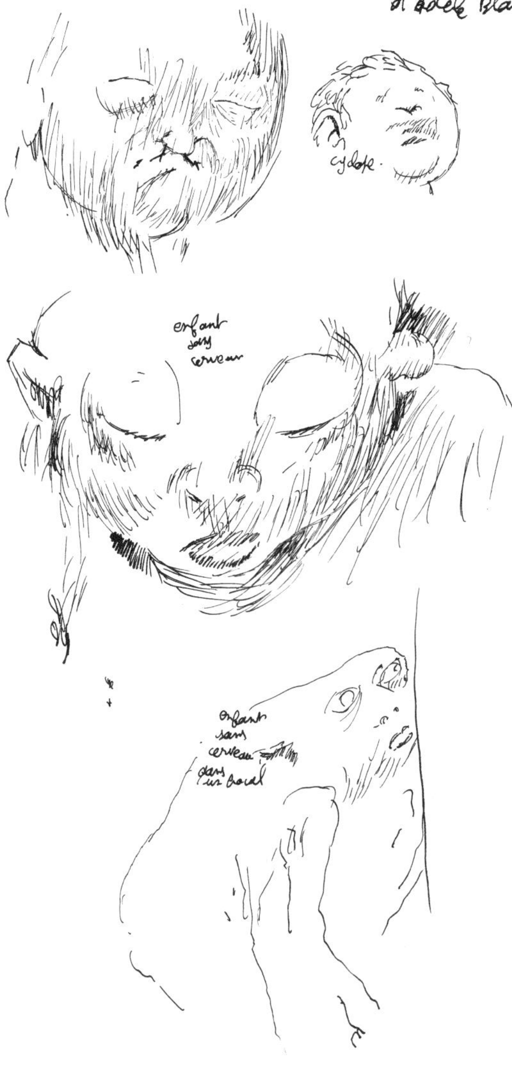

on s'est fait engueuler par le modèle avec un copain parce que la salle de l'éléphant, il paraît que c'est son vestiaire. quelle conne!

oh putain! et l'autre qui reprend toujours les mêmes poses. des attitudes dégingandées de yogi exhibitionniste dont même Shiele n'aurait pas voulu.

moi, mon modèle favori, le seul intéressant, c'est Tom. d'abord parce qu'il fait toujours le couillon, ensuite parce qu'il ressemble à un mélange de John Cleese et d'un autre monty python. Seul un Hollandais pouvait être aussi British dans le sens de la dérision.

on se fait chier.

j'ose pas retourner dans la galerie par peur de me faire engueuler.

ah, ça y est, en fait, elle a pas été payée par la direction et c'est pour ça qu'elle s'énerve, du coup elle a fait tout un speech. l'autre, le mec, il est sympa finalement. exhibitionniste mais sympa.

du coup elle veut plus poser alors elle s'est mise sur la sellette et elle boude en lisant un livre : enfin une attitude naturelle.

et l'autre, infatigable, qui pose. c'est fou ce qu'on a l'air con la bite au vent pendant que se posent de graves problèmes sociaux.

Lui, c'est un malheureux qui vient à son tour de se faire engueuler.

j'ai faim.
Rien bouffé
de la journée

pas de thune.
et demain
rayer 50 balles
pour la putain de
pièce de Simon
j'espère que
ça vaut le coup.
heureusement ce
soir : Saby → manger.

y a un gars au fond qui est infect. Il s'est mis
à insulter le modèle de la pièce des manières
quand elle a fait son cirque tout à l'heure.

Mercredi 20. Plantes. 14h. direction des Parcs et
jardins. 3 avenue de la porte d'Auteuil. 75016.
métro Porte d'Auteuil.

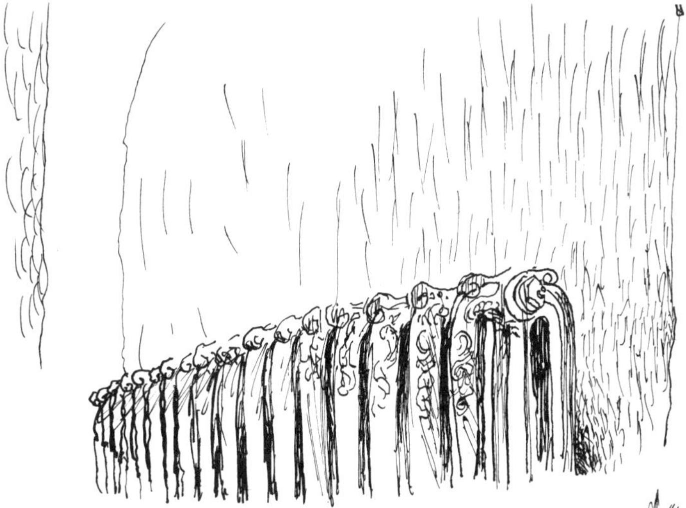

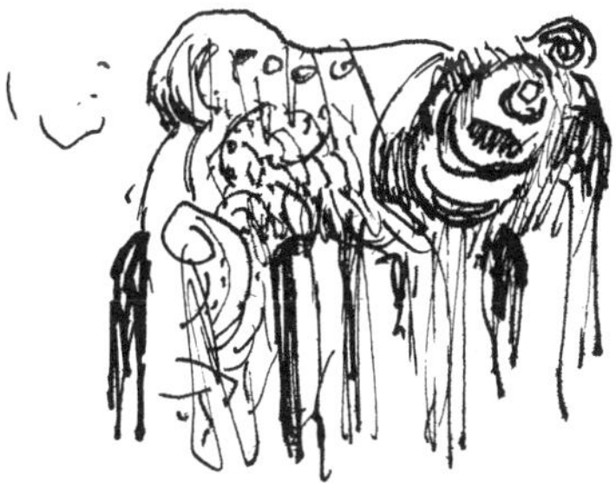

La la la. ce radiateur,
ça m'rend tout chose.

c'est comme une entrée de métro de Guimard

en mieux...

Tiens, un crayon !

## Jean-François Debord

Deux fois par semaine, sur un tableau de quatre mètres sur six et sans esquisse préalable, Debord bâtit un écorché depuis les os jusqu'à la peau. "De chic", comme il dit. Il cite aussi souvent Valéry : "Ce que nous avons de plus profond, c'est notre peau !"
alors Houdon et Barry sont sur un bateau. Houdon tombe à l'eau
ben c'est l'écriture de BARRY
les testicules serrés et bien sortis
le cheval de race a les oreilles mobiles
lisez le journal de Delacroix

GOYA.

" El sueño de la razon produce de jolies gravures. "

La dernière fois que j'ai ouvert ce livre, je me suis dit que les destins qu'il conterait n'étaient pas bien jolis.

d'après Brueghel.

sandrina, 2, rue Guisarde.

quel chemin parcouru depuis l'école maternelle où je regardais, fasciné, les petits oiseaux que dessinait au tableau la maîtresse. Je pensais alors ne jamais pouvoir faire aussi bien qu'elle. C'est également ce que je me dis en voyant Debard étaler de monumentales anatomies sur un tableau de cinq mètres sur trois. J'ai les mêmes yeux silencieux fascinés.

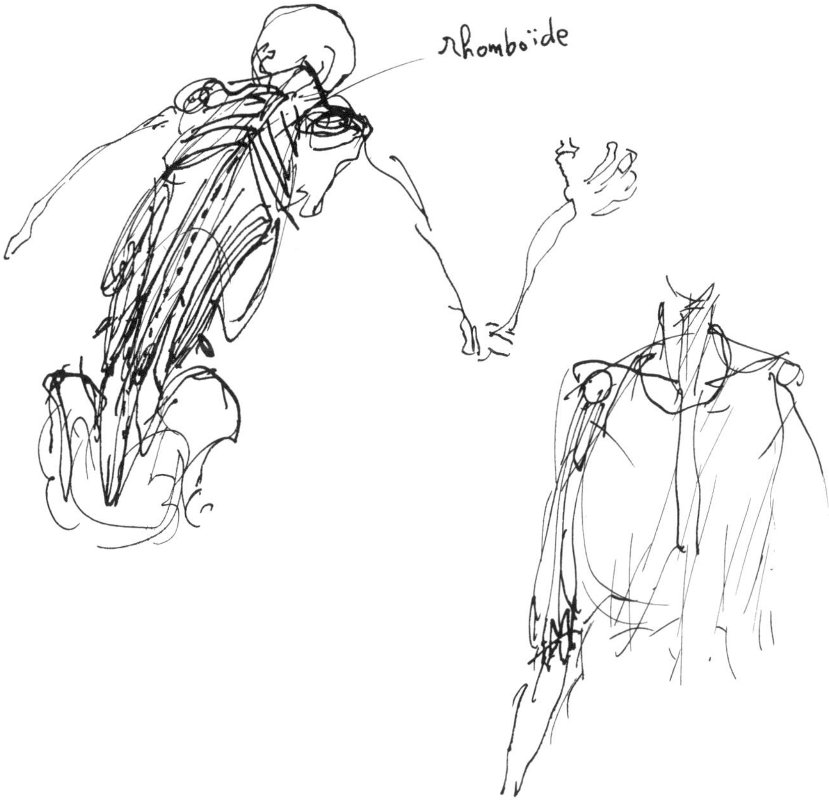


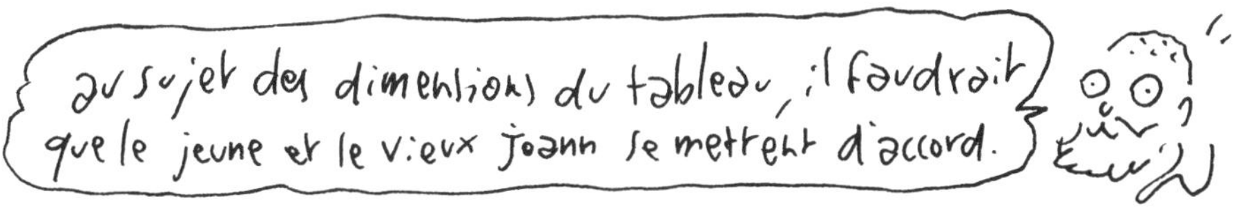

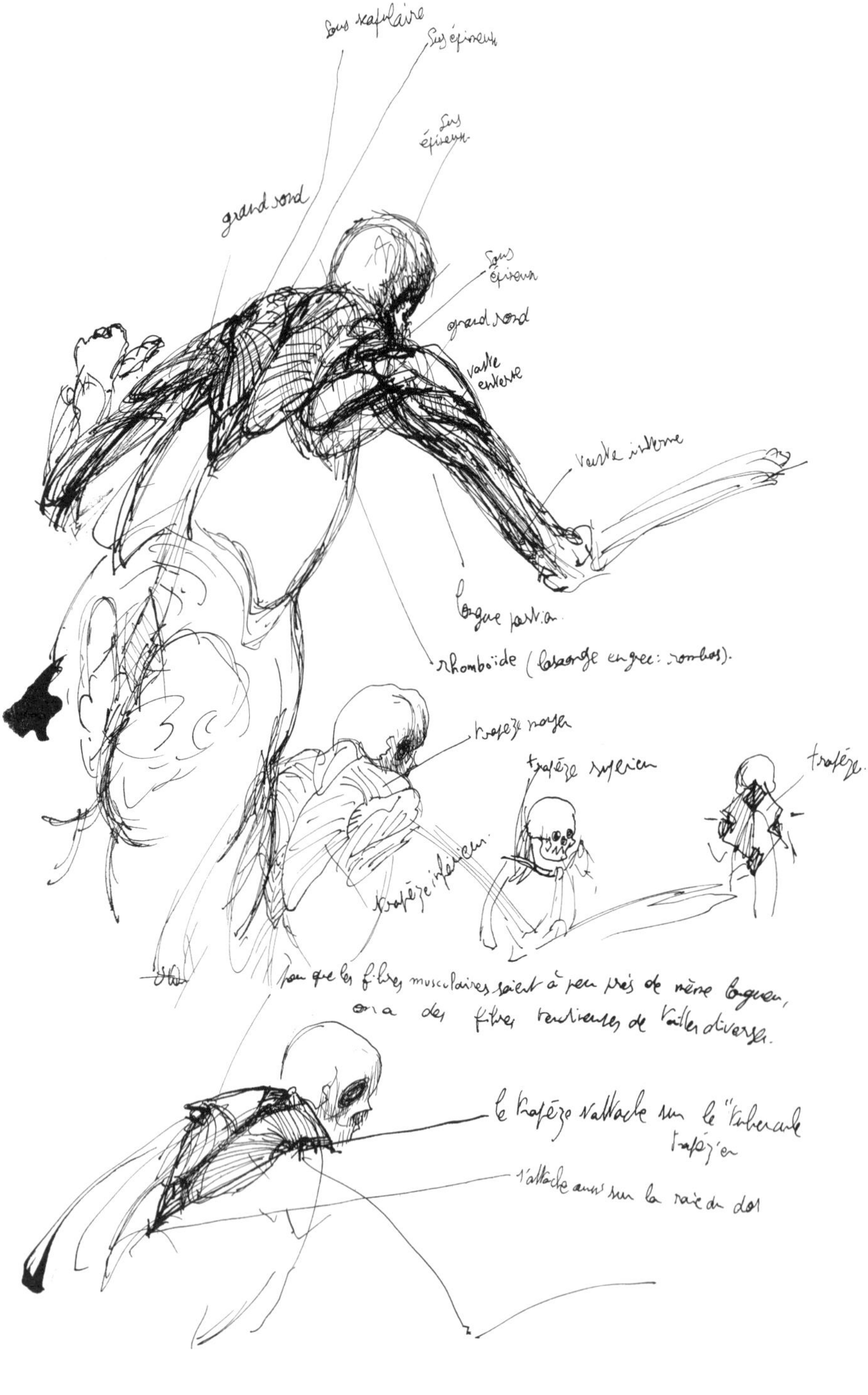
Sous scapulaire
Sus épineux
Sus épineux
grand rond
Sous épineux
grand rond
vaste externe
vaste interne
longue portion
rhomboïde (losange en grec : rombos).
trapèze moyen
trapèze supérieur
trapèze.
trapèze inférieur
pour que les fibres musculaires soient à peu près de même longueur, on a des fibres tendineuses de tailles diverses.
le trapèze s'attache sur le tubercule trapézien
s'attache aussi sur la raie du dos

Les autopsies c'est fait consciemment en désobéissant à Debord. Ça a lieu à l'hôpital Pasteur lors de mes séjours à Nice. J'ai obtenu le droit d'assister aux cours de médecine légale. Debord me demande: "c'est par rapport à votre mère?" Car mon père a refusé qu'on autopsie le corps de maman après son décès. Debord a toujours voulu m'emmener vers la vie. Car le dessin c'est la vie. "Regardez plutôt les arbres"! il a raison.

Vous voyez ce que je voulais dire, au sujet du modèle ?
L'objet inerte, le sans-âme, la chute des corps - le dessin voit tout cela...
... mais il doit le dépasser et comme chez Bachelard proposer un envol !

Sfar Joann

Livre de dessin numéro deux
commencé à Paris durant le mois de Mars
1993

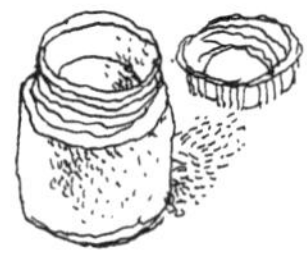

Ce coup-ci j'ai acheté du bon papier. le luxe.
mais il a su rester simple.

2, rue Guisarde 75006 Paris. 46.33.72.24.

Jeudi. Ce soir, il y a Pierre Dubois qui passe à la télé dans l'émission Ex Libris. Je suis chez Sandrina pour voir l'émission sur la minuscule télé noir et blanc de Karine.

Enfin le Bargre n'est qu'un gamin. Il est venu au monde au début 92.

En ce qui concerne le diable qui suit le Bargre partout, je vais, je crois, l'appeler BOUGRE POURPRE.

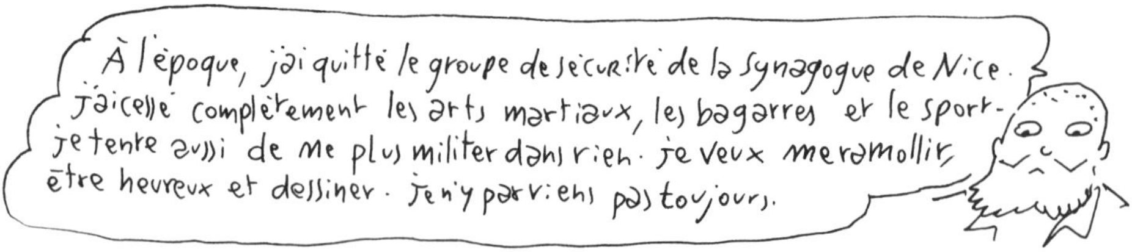


Le 1er Mai, au lieu de manifester, Joann a écouté radio "Courtoisie". Il s'agit d'un des florissants organes propagandistes du néo-nazisme en gants blancs à la solde du front Nazional du porc le Pen. On peut y entendre Paul Guth, V. Volkoff, et même Malliarakis.

sur radio courtoisie, on est antisémite d'abord; l'Arabe vient après; vous comprenez, c'est primaire d'être seulement anti-arabe: ça fait prolo. Le bon nationaliste a de la mémoire. Il a lu Maurras, Brasillach; Aah l'Action Française, Le Gringoire, la division Charlemagne...
PAR LES MOUSTACHES DU GRAND PLEGZI GLAS!
BON ALORS, LE COMPLOT...
Les belles histoires d'Onc' Brignau

musée

maintenant, le dimanche matin, il n'y a
plus seulement des vieux du 6e pour se balader
rue de Seine, rue de Buci. On y voit aussi des grands
cons au crâne rasé qui vendent le journal
de l'Action Française. Si seulement j'avais la force
physique nécessaire pour défendre mes idées. Le Pen,
c'est ma bête noire, enfin, noire...
Certaines choses pourtant font que cette journée où
pluie et soleil jouent à cache-cache va être
bonne : par exemple, voir Jean Yanne trimballer
un marmot dans une poussette avec une
gueule à déterrer les morts et des lunettes de
soleil, ça me met de bonne humeur. À l'intention
des futurs hagiographes de cet inimitable acteur,
il faut signaler que dans la vie, il tire la tronche
encore plus que dans le meilleur de ses films. Un
bonheur vous dis-je. J'ai continué la lecture
de l'"Esthétique" de Hegel. C'est intéressant mais je passe
mon temps à chercher des objections et à critiquer
l'auteur au lieu de me plonger dans son texte.
Son système est un magnifique château de cartes
mais chacune de ses thèses sur l'art est
contestable. Pas fausse, loin de là ; mais la rigidité
dont il fait preuve oblige ses adeptes à tourner
le dos à tant d'artistes importants, qu'il paraît
urgent d'oublier cette lecture. Il affirme sans
jamais rien démontrer et au nom d'une sainte
inspiration objective dont il serait affublé, Hegel
place les limites de telle ou telle forme d'art.
Avant les Grecs, il n'y avait pas de sculpture, après
il n'y en a plus, la sculpture doit être sans

expression, sans couleurs – on doit représenter des mouvements en voie d'accomplissement. La recherche de la perfection plastique passe par le profil grec. La sculpture doit avoir telle ou telle tâche. La Grèce est un progrès par rapport à l'Égypte, l'Allemagne par rapport à la Grèce... Il s'agit d'une doctrine et non d'une esthétique. Cette recherche des moments de l'histoire où telle ou telle forme d'art trouve son apogée est arbitraire. Hegel ne comprend rien à la peinture, pas plus qu'à la sculpture. Il a sur la fonction de l'art des idées sensiblement comparables à celles de Napoléon ou de Joseph Goebbels. Les deux seules interrogations fondamentales qui restent à se poser sur Hegel sont : pourquoi l'étudie-t-on encore sinon pour combattre toute résurgence possible de ce totalitarisme?

– pourquoi Delacroix s'est-il pris de passion pour cette grosse saucisse rougeaude à l'accent souabe?

Hegel a fait la preuve qu'entre pensée totalisante et ambitions totalitaires, il y avait plus qu'une presque homonymie. On avait pu croire que ce type de pensée se condamnait elle-même à disparaître par les vaniteuses absurdités qu'elle agite au nez de ses adeptes. Il a fallu que viennent Staline et Hitler pour montrer que les Hégéliens avaient encore de beaux jours devant eux. M. Sasso m'a dit un jour sur le ton du reproche courtois mais condescendant que Hegel n'était finalement pour moi qu'un philosophe parmi d'autres et que la philosophie me paraissait n'être qu'un mode de pensée parmi d'autres. Peut-être est-ce encore moins que cela.

9 Mai 1993
PARIS - JOANO

Comar et Fontaine nous emmènent une fois par semaine en sortie dans des lieux inspirants. Collections de cires anatomiques, musée forain, salon de l'Agriculture, école vétérinaire mais surtout, chaque année nous passons une nuit aux Halles de Rungis, dans le froid et carnet en main. Les "tueurs" du côté viande draguent grossièrement les filles qui sont avec nous. On les défend comme on peut.

Ce soir nous allons aux Halles de Rungis avec la Marfa. Pour l'instant, je suis dans le métro.

Les tueurs soulèvent les têtes de veaux par les paupières. ils les agitent sous le nez des filles. On est souvent à deux doigts de se battre. Cela va inspirer une scène de Pascin et un authentique souvenir de Soutine.

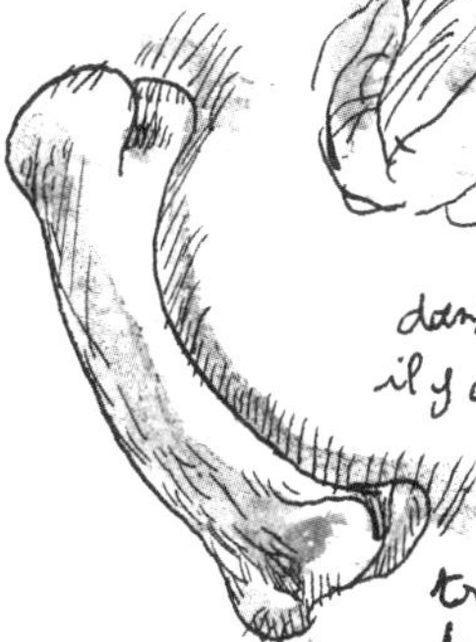

dans la nouvelle peinture,
il y a de l'ail, un os
de poulet. le reste
est un secret qui ne se
transmet que de bouche
de Joann à oreille de
Joann

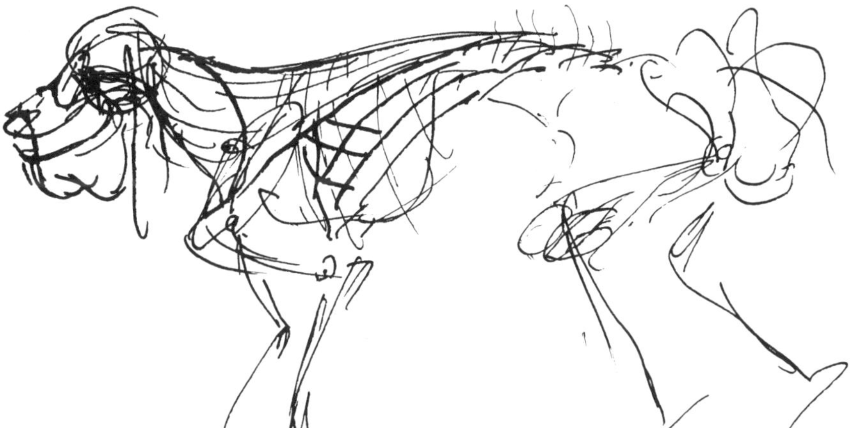

chats et chiens sont une phase intermédiaire
entre le cheval qui n'a pas de clavicule
et l'homme.

aéroport de Nice 15 juin 1993.
je me suis planté
à mon oral sur la tragédie
1993. JOANN.

Le fort du Mont-Alban. L'avocat du diable, si vous voulez : j'ai l'impression que les dessins que je faisais de retour à Nice, en "oubliant" la morphologie, ont beaucoup mieux vieilli. Le dessin est une science, peut-être, mais on doit peut-être l'oublier un peu afin qu'il devienne une poétique ? La place du vide et du vent !

on dira ce qu'on voudra
mais les Thraces ont de
plus grosses
bites que
les Athéniens.

26 Juin 1993. compte rendu d'une étonnante séance de spiritisme.

avons contacté un personnage : premier contact, le verre bouge mal, l'esprit dit s'appeler CABAC, on arrête pour se détendre.

seconde séance : l'esprit nous répète son nom CABAC, nous demande de laisser la lumière. le chat monte sur la table, le verre devient incohérent (10 minutes plus tard : est-ce que tu aimes les animaux ? = "P.A. CHA" "AIM BOCOUCHIEN" dit en avoir eu beaucoup pour la chasse et la guerre.. autres occupations : "A-M-O-U-R". au sujet du chat, avoue haine due à frayeur, l'esprit avoue aimer bien le chat, il admet qu'il est sage. à un moment, ~~elle dit être une femme~~ ~~et~~ l'esprit dit être mort [illegible] en 945, parle aussi de 576. les deux dates reviennent à plusieurs reprises. nous dit être une femme elle affirme qu'elle "G.I.T. À. P.A.R.IS" dit ne pas aimer la France, ne pas aimer la France. Sait que Mitterrand est le P.R.ÉS.I.DENT. aimerait rouler en CITROËN DS pour faire comme le président. prochain président de la république : BAVE FOUÉTÉ. mais l'esprit nous a dit que c'était une blague. on a demandé si ~~[illegible]~~ il connaissait d'autres blagues elle a dit oui et CABAC. Elle a laissé entendre que CABAC était un code. après, on a demandé des trucs, et elle a dit qu'elle-même voulait poser les questions. à qui ? Se dirige vers Sandrina. quelle est ta question ? K.A.F.K.A si Kafka lui plaisait, Sandrina a dit oui, l'esprit ~~elle~~ a dit ~~le connaître~~ avoir un faible pour lui mais après elle a dit que ce n'était pas l'écrivain pragarois. elle a dit avoir "levé sa queue". À Fabien, elle a demandé si Kafka "a vécu", s'il était "décédé". Fabien a dit oui. le téléphone a sonné (1h40 du matin) je demande : "dois-je décrocher ?" l'esprit dit non, je me lève quand même pour décrocher = tonalité, personne au bout du fil, l'esprit nous dit "J'AI TÉLÉFONÉ". on lui dit qu'elle ne m'a pas posé de question, elle dit vouloir me parler = "SES DRAPS GIT AU PANTÉON". elle dit que cela arrivera "SI TRAVAIL" et que je ne travaille pas assez en ce moment. s'il y avait des bouleversements politiques dans les années qui viennent.

initiales ADFC : c'est peut-être son nom.

~~nous répète à~~ d'abord, elle fait le tour de chaque lettre avec le verre pour les apprendre, à partir de là, le dialogue est beaucoup plus fluide. elle répète à intervalles réguliers une suite de lettres : FEGB ACV DCTBCTCBD mais surtout <u>ADFC</u> qui revient très souvent.

j'oubliais, en disant les trucs su pathéon et tout, elle ajoute "j'<u>ai</u> KAFTÉ". À un moment où nous allions abandonner, elle dit "BISOU" puis ~~"C'EST FINI" et~~ "C FINI" puis "C EHMH"

(F-1, I-1, N-1, H-1)

elle dit que c'est le code, qu'il y a un décalage des lettres de l'alphabet et quand elle avait fait le tour de la table en allant d'une lettre à l'autre, c'était pour montrer cela. très troublant enfin, à un moment où

Fabien regardait ailleurs et où j'essayais de faire les codes, le verre se dirige brusquement vers le "oui" Sandrina venait dans sa tête de se dire "ne trouves-tu pas que le chat est mignon". étonnés, nous recommençons l'expérience avec Fabien : sans le dire à personne il pense "est-ce qu'à moi aussi tu me réponds si je pense sans parler" → "OUI" puis est-ce que Vania est l'amour de ma vie → "D B.B" (des bébés).

Paris le samedi 26 juin 1993 3h09 du matin.
lu et approuvé vaguement
sain d'esprit = JOANN
je pensais aussi l'être jusque là = FABIEN

deuxième jour d'évolution métaphysique du champignon anarchiste du moine Mabillon. Le sub-prépuce de l'entité fongique s'est décalotté. on voit les fanons de la créature. Cela enseigne qu'elle n'est pas carnivore mais se nourrit exclusivement de plancton en suspension dans l'atmosphère. Contrairement à une idée fort répandue, il faut préciser que l'ouverture du sub-prépuce n'est pas due à une turgescence mais au contraire à un flétrissement et à un dessèchement de la structure. Il s'agit d'une union initiatique.

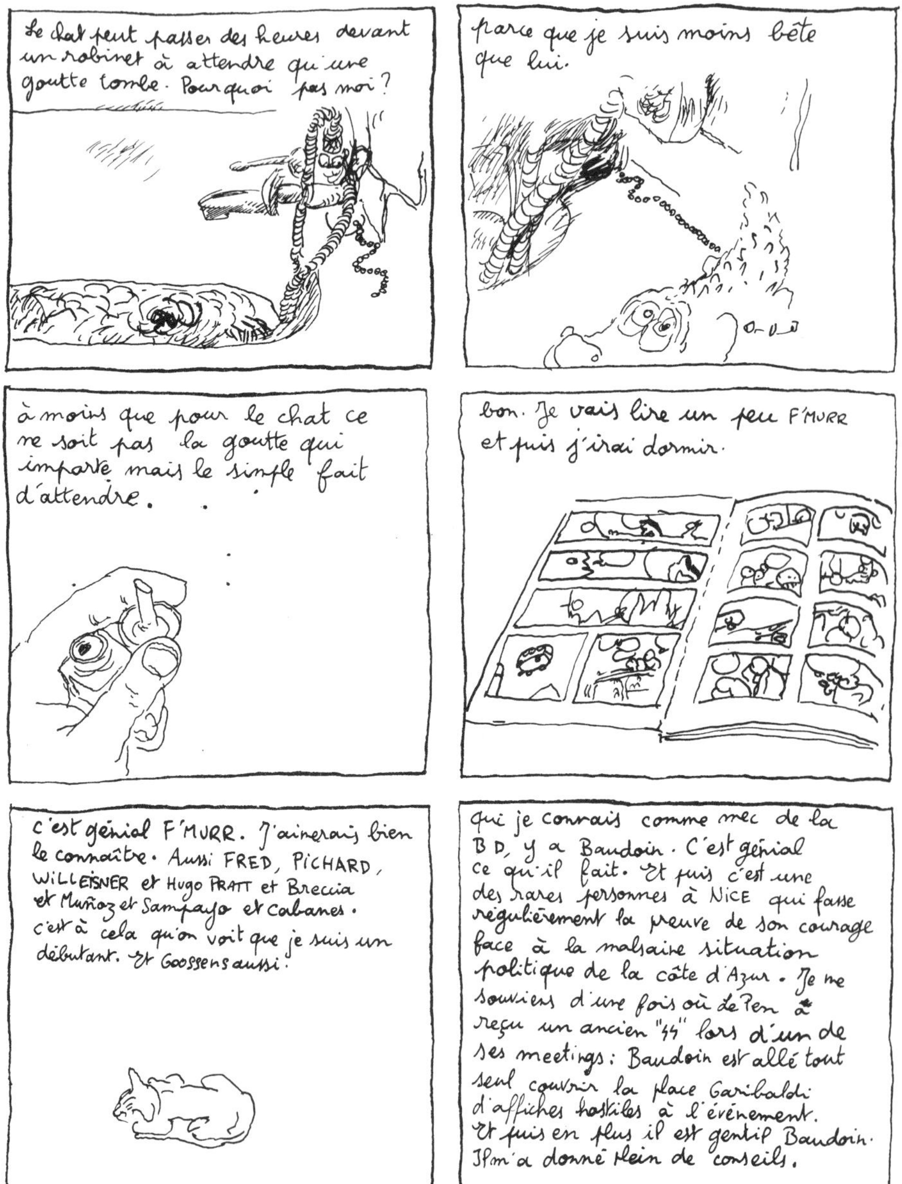
Le chat peut passer des heures devant un robinet à attendre qu'une goutte tombe. Pourquoi pas moi ?
parce que je suis moins bête que lui.
à moins que pour le chat ce ne soit pas la goutte qui importe mais le simple fait d'attendre. . . .
bon. Je vais lire un peu F'MURR et puis j'irai dormir.
C'est génial F'MURR. J'aimerais bien le connaître. Aussi FRED, PICHARD, WILL EISNER et Hugo PRATT et Breccia et Muñoz et Sampayo et Cabanes. C'est à cela qu'on voit que je suis un débutant. Et Goossens aussi.
Qui je connais comme mec de la BD, y a Baudoin. C'est génial ce qu'il fait. Et puis c'est une des rares personnes à NICE qui fasse régulièrement la preuve de son courage face à la malsaine situation politique de la côte d'Azur. Je me souviens d'une fois où Le Pen a reçu un ancien "SS" lors d'un de ses meetings : Baudoin est allé tout seul couvrir la place Garibaldi d'affiches hostiles à l'événement. Et puis en plus il est gentil Baudoin. Il m'a donné plein de conseils.

Je suis juste une idée
parce qu'entre nous, la mort, ça veut rien dire. on vit, et puis paf! on vit plus.
Voilà, ça fait comme ça la mort. Tout noir... Plus rien.
non, c'est même encore moins que ça.

Le chat soliman. C'est de ça que parlait carron: ses yeux les yeux fermés.

il y a des jours
où on ne pense pas
qu'on va
mourir.

à Antibes. C'est l'époque où je lis TOUT Dali. Je me force à fixer le soleil puis dessine lorsque je ne vois rien. Je m'appuie sur les paupières fermées et me souviens des taches. Je lis des Chinois qui expliquent le vide entre l'eau et la pierre. Marc-Alain Ouaknin me dit rien d'autre à propos de ses quatre consonnes sans voyelles.

Yod, Hé, Vau, Hé, le nom de Dieu. Chiffre esthétique de l'existence dont le XXe siècle a décrété qu'il serait séquentiel.

En inventant bandes dessinées et cinéma, le XXe siècle a fait passer la figuration du monothéisme au kabbalistique.

Je suis un peu déprimé. Tout va bien pourtant, sauf les bandes dessinées.

Personne n'en veut. La vie est drôle, je poursuis brillamment deux cycles d'études fort différents et je n'arrive même pas à publier une stupide bande dessinée.

Connaissez-vous la légende juive de l'agneau pascal ? Mon père a acheté l'agneau, le chat a mangé l'agneau, le chien a mordu le chat...

… le bâton a puni le chien, le feu a consumé le bâton, l'eau a éteint le feu, le bœuf a bu l'eau…

Heureusement, la perspective du prochain mariage de votre fille nous permettra sans doute de nous voir. La mort est une des grandes étapes de l'existence, je vous souhaite tout le bonheur possible dans la réalisation de la vôtre.
Dans l'attente de vous lire, veuillez agréer, madame, l'expression de mes meilleurs sentiments.

Assour Ilyrsidoux.

déjeuner chiant entre "initiés" du marché de l'art.
avec les riches marchands d'art du 6e arrondissement, on apprend à considérer la bêtise suffisante comme un des beaux Arts.
C'est une époque où j'essaie tout. J'ai fait de mon mieux pour faire le peintre et pour publier de la philosophie. Rien ne marchait. Je me suis engouffré dans les bandes dessinées car c'est la seule porte qui s'est ouverte. Je crois, rétrospectivement, que c'est la plus profonde.

16 oct 93.

il y a un chirurgien collectionneur qui a montré beaucoup d'intérêt pour mes dessins sur Jules Pascin, je crois qu'il veut que j'aille voir de sa part une dame qui a une galerie.

Il m'a offert mes boissons, sans rien dire. Avec le gros monsieur érudit de la galerie Abel Rambert, il est la deuxième personne en deux jours à m'avoir fait un cadeau. J'apprécie.

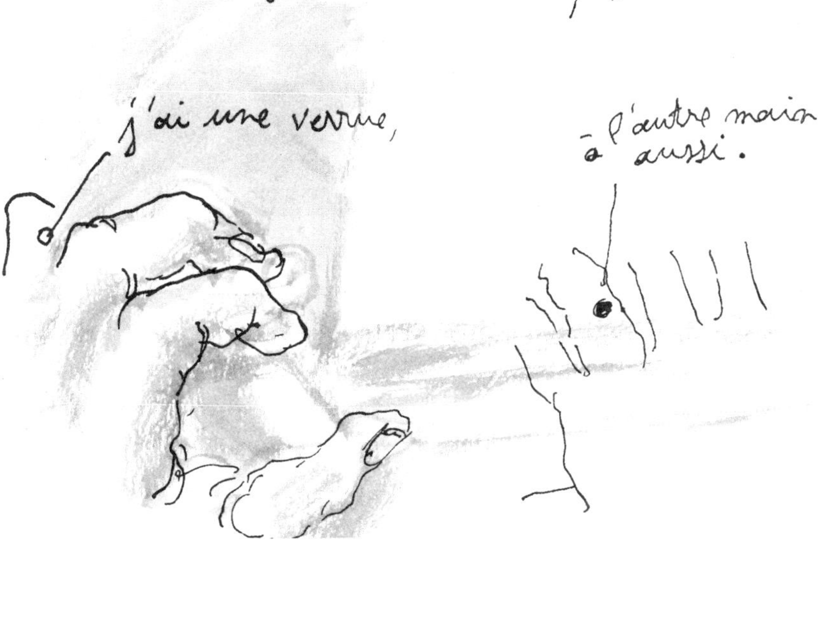

Jean-François Debord

les lignes d'écriture de monsieur Debard.
le tendu des formes.
là il y a de l'os
le premier radiateur de l'année
19 • Oct • 93.

Debord adore s'en prendre aux racistes et aux salopards qui ont utilisé le dessin pour stigmatiser les noirs ou les juifs. Cette théorie de l'angle facial qui attribue au caucasien un plus gros cerveau est totalement fausse - beaucoup d'ethnies africaines ont un angle facial plus vertical que celui des Européens. À l'inverse et c'est hilarant, il nous prouve que les femmes ont un plus gros cerveau que les hommes, quelle que soit l'ethnie!
Si vous voulez séduire quelqu'un, retournez-vous et remuez les bras.
allez un p'tit muscle sympa, un dernier pour la route.
femme
homme.
singe
l'homme est un intermédiaire entre la femme et le singe.

Le petit
singe
Lyophilisé
de la galerie
de morphologie
a l'air triste.
C'est parce qu'il
est seul.

Daumier. le 21 octobre 1993.

bah, une autre fois
ça sera mieux.

c'est amusant, j'ai voulu copier un Daumier et c'est le visage d'aigle de mon Sherlock Holmes qui arrive.

Le capitaine Yellow Shoulder déteste être plagié.

vendredi 29 octobre 1993 À Saint-Malo.
le festival commence demain, je
suis dans le même hôtel que
l'année. Au début, Alain
m'a déposé devant un autre
établissement également appelé
"Chateaubriand" mais qui se trouve
à 2 km de celui où j'ai réservé.
Alors j'ai dû marcher. Après, j'ai
traîné dans les rues désertes.
J'ai mangé une galette de froment
et de la salade en compagnie d'un
bouquet de fleurs artificielles
qui manquaient de conversation.
Mon mémoire a été refusé par
les Presses Universitaires de France.
Il y a eu des jours où je me
suis senti mieux qu'aujourd'hui.

Saint-Malo est une très belle ville évidemment sur ce dessin, c'est pas flagrant !

réveil difficile à 6h, rêvé que j'étais piétiné par un rat qui griffait mon lit. Un café dans la salle déserte. Les mouettes malouines n'ont pas la même voix que les mouettes niçoises. Je les préfère. J'aimerais bien voir la marée. C'est vrai, chez moi, y en a pas.

bon. j'ai attendu deux heures à ma table de petit déjeuner pour voir F'MURRR, mais il n'est pas venu. Je vais probablement partir mais où? Il est 9h30 le festival est-il déjà ouvert?
ah, ça m'angoisse toutes ces perspectives annoncées d'un séjour raté. Ch'uis tout seul, y a personne à qui parler.
vian
vian
VAN HOUTEN

F'MURRR - PEYZARET

48 04 88 21 richard

Fin novembre

Le capitaine Yellow Shoulder participe très discrètement au festival de Saint-Malo.

dimanche matin

résumé de l'épisode précédent : je me suis fait plein de copains ; Rabaté, Cromwell, Sorel et les mecs de l'Oeil carnivore. Je vais faire des choses avec eux, avec Rackham aussi. Et puis je vais participer à un album collectif chez Vent d'Ouest. Ça fait beaucoup de "je vais". Beaune, ch'uis crevé, on s'est couchés tard.

Aujourd'hui, je devrais parler avec Fred et Fmurrr. J'ai vu Lucien Rollin au sujet de Pierre Dubois. J'ai fait la connaissance de Laurent Galmot, directeur de collection chez Vent d'Ouest. Cromwell va faire un canard, je vais en être. J'ai aussi rencontré mon presque homonyme père de la "Petite Lucie" Joann.

Je dois à Paris des envies de suicide.

Parmi les milliers de pages de carnets que nous avons retrouvées, je crois que c'est la première où je tente de me dessiner en "style BD". J'aimais mieux me cacher derrière des spadassins.
J'ai trop de personnages à dessiner, je m'en sors pas

disserter sur les monstres n'est pas chose aisée car il semble que tout a été dit. Quant à découvrir de nouvelles créatures fantastiques sans emprunter des sentiers rebattus...

est-ce que je me ressemble lorsque je me dessine comme ça?

L'ironie ne vous aura pas échappé : je ne sais pas me dessiner, à l'époque.

Je ressemble à peu près à ça :

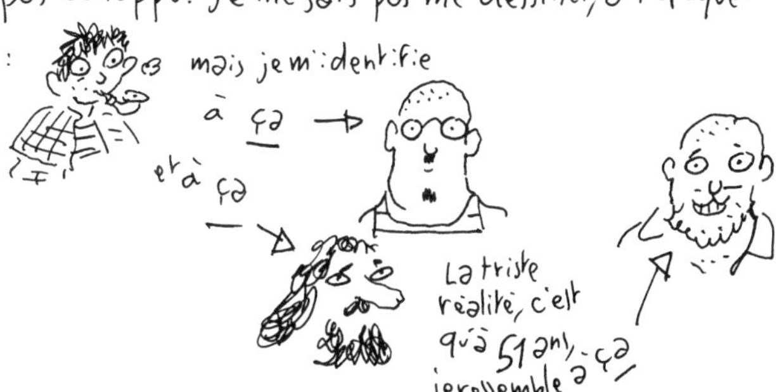

La cavité de chez Glénoïde
ne doit pas être confondue
avec la vacuité d'esprit
des gens de chez Glénat.

12 Novembre 1993
Sandrina m'a dit : "mais tu sais que j'ai peur que tu ne fasses une grossesse nerveuse toi !"

12 novembre, je fume ma première pipe en compagnie du professeur Delpiano

Jeudi 2 Décembre 1993

l'homme descend du singe.

le singe aussi.

voici le monde vu au travers d'une tête de singe (en bouche d'or?)

bassin

oreille

félin

nain

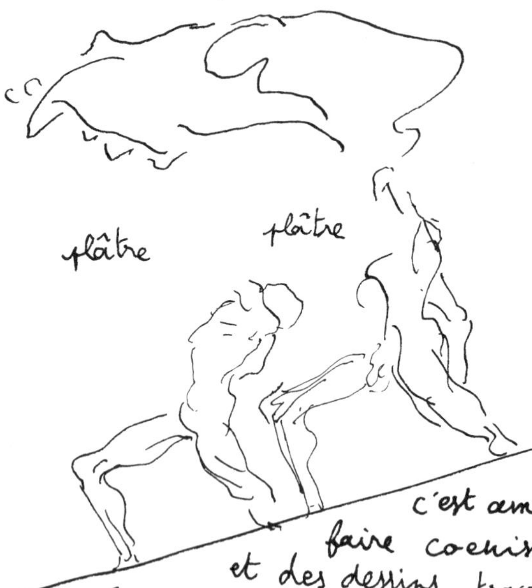

c'est amusant de faire coexister des lettres et des dessins tracés avec la même encre, avec la même plume. Montrons qu'un trait de même facture peut s'adresser à deux parties de l'esprit si différentes. En fin de compte, mon activité dans la vie se résume à tracer des traits.

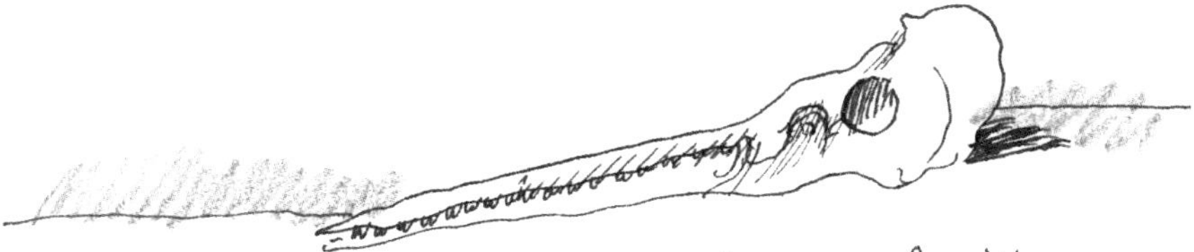

Les têtes de marsouin ressemblent à des banjos

Là, je suis en morpho mais je tente de construire autrement. En oubliant l'os et en osant le contour. Je pense un peu à Matisse quand il emboîte ou à Bernet et Pratt lorsqu'ils n'ont pas peur de la futilité. Ça se voit qu'il y a enfin un peu de joie?
où sont les aplombs et les insertions et les emboîtements de Pascin?

plus je dessine des vertèbres et plus j'ai mal au dos.

"Asta su Abuelo"
traduction: je suis le grand-père de l'âne Anatole.
Voici mon cahier de morphologie

voilà, nous sommes le 11 Janvier 1994 et j'attends le début du cours de morphologie. À mon retour de Nice, avant-hier, j'ai appris de Pierre Dubois que Dargaud voulait au moins une de nos histoires. J'irai bientôt en Bretagne. Je suis heureux. La vie est jolie quand les choses vont bien.

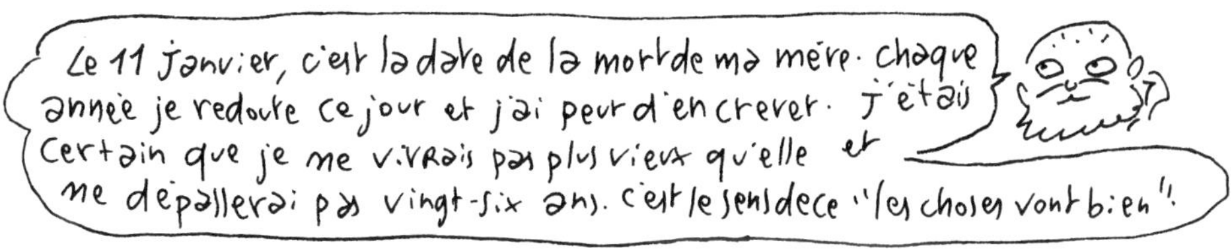


demain mercredi : laboratoire d'anatomie comparée

14h. 55, rue Buffon.

Picadilly Pub.

18 Janvier 1994

Dieu bénisse la reine et ses chiens aux courtes pattes.

il faut que
je fasse mettre
une bague argentée
sur la pipe que je viens
de terminer

L'histoire qui va suivre se déroule à la fin de la carrière de Sherlock Holmes.

Il s'agit d'un album de 44 pages qui constitue mon "diplôme supérieur de morphologie" à l'École des Beaux-Arts de Paris.

On y verra un Holmes miné par l'ennui et la cocaïne, perdu dans ses idées sombres. Ce n'est pas à proprement parler une enquête, dans la mesure où le locataire du 221 Baker Street est la cause des catastrophes qui agitent la capitale de l'ère Victorienne agonisante.

2) Monsieur Pascual Pinon : conception et réalisation de monstres.

Pascual Pinon est un Mexicain à deux têtes, dont une réduite, qui possède l'étrange faculté de pouvoir donner vie à tous les monstres issus de son imagination.

Persuadé d'être une sorte d'antéchrist, ce Merlin l'enchanteur à l'accent du Sud entend bien remplir le monde de ses créatures "tellément plous intéressantes souer lé plan esthétique que les êtres humains". (Il s'exprime un peu comme Salvador Dali.)

Seulement voilà, malgré l'immensité de ses pouvoirs, Pascual Pinon est totalement dépourvu d'imagination.

Afin de combler cette grave lacune, il a cru bon de s'adresser à Sherlock Holmes.

Le marché proposé par Pinon est le suivant :

"Chaque jour de votre vie, vous devrez me transmettre la description précise d'une nouvelle créature, et moi, en échange, je leur donnerai vie. Mais si seulement une fois vous vous trouviez dans l'impossibilité de remplir votre contrat, je ~~donnerais alors vie à~~ ferais naître un monstre si terrible que nul ne pourrait l'empêcher de semer la mort sur son passage."

La femme à barbe cyclope avec des verrues
et qui voit par la bouche *

* et par où elle mange ?

colimaçon anthropacéphale

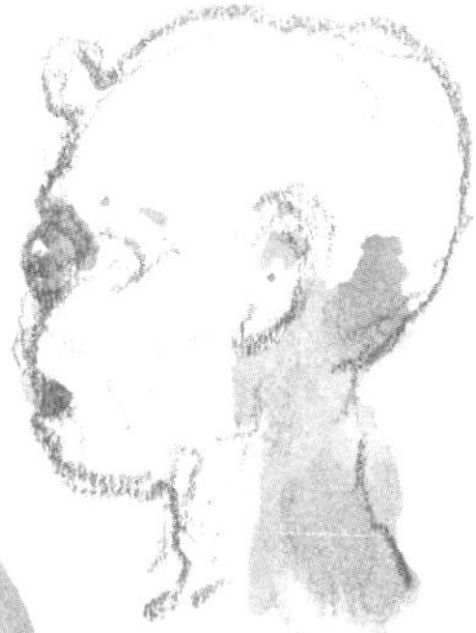

Cyclocéphale monophtalme

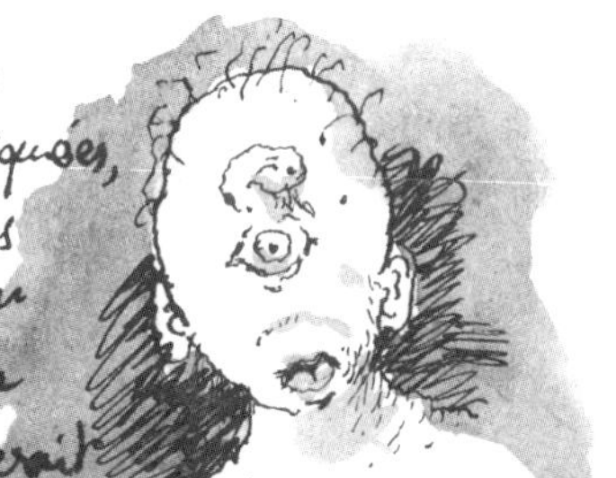

Pour des raisons à ce jour inexpliquées, ces créatures ineptes sont imbattables au Polo. Sa majesté la reine mère envisagerait selon des sources sûres de recruter une équipe de cyclocéphales à l'occasion des prochains championnats de Nouvelle-Zélande.

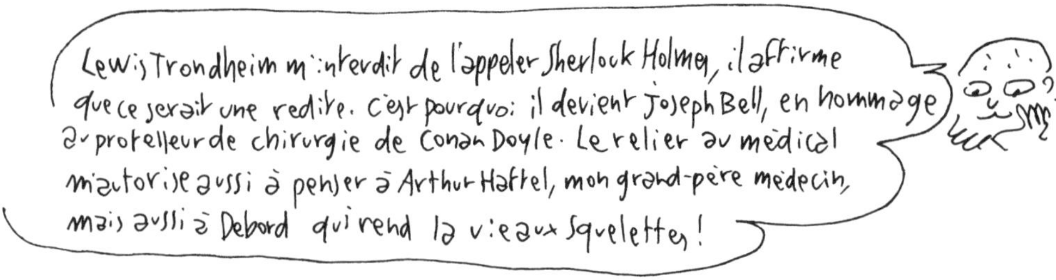

Le hareng-bulldog
(animal domestique).

Essais pour monsieur Holmes de Baker Street.

L'admirable John Neville.

Peter Cushing :
l'oiseau de proie.

et toujours
Peter Cushing.
Est-il encore en
vie? j'aimerais faire
son portrait d'après
nature

À l'époque je fume la pipe pour me donner un genre et je porte du tweed !
Sherlock Holmes à l'américaine.
mais où trouver huit cent cinquante francs pour m'offrir ce bijou cathartique ?

Paterson
of Dublin

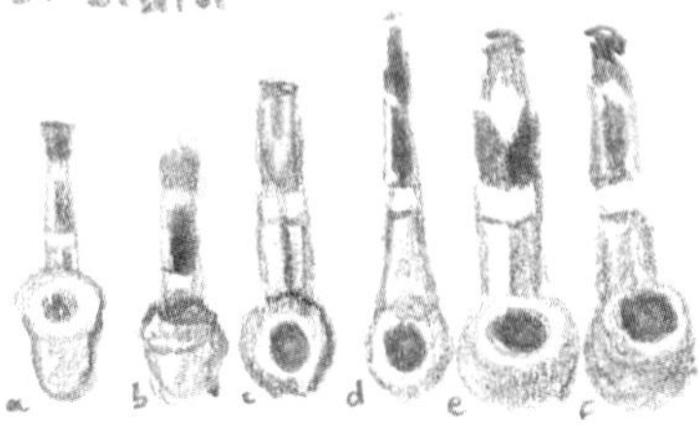


a - the original
b - the Baskerville
c - the Baker street
d. the Deer stalker.
e - the squire
f - the professor

je veux avoir la "Baker Street". Pipe droite à la forme originale.

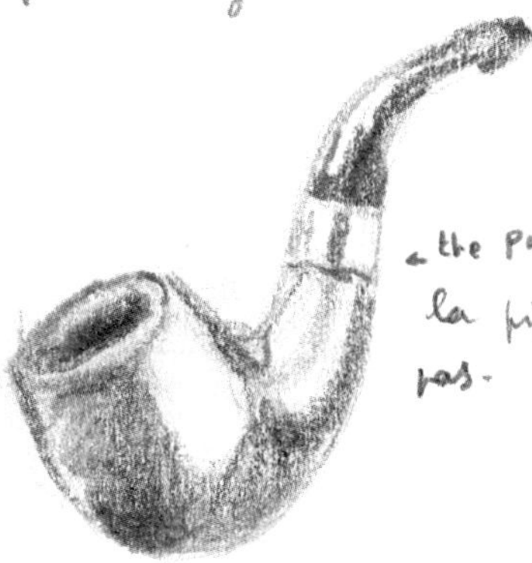

← the Professor : cela serait donc la pipe de Moriarty ! mais, pourquoi pas.

et à présent voici ma petite pipe en bois

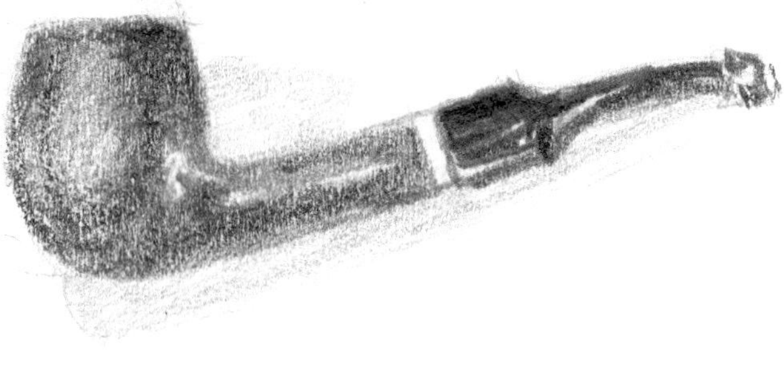

essais pour mister Ventrounet ou monsieur Digestif.

Le Borgne Gauchet joue aux cartes contre Saturne.
je passe.
Il passe le temps et
le temps. ha! ha!
il devient vieux et personne ne le publie.
messieurs les éditeurs, je ne vous salue pas!

mais c'est la vie ça hein, c'est la vie, on ne peut pas voler quand on veut.
bin non, le jour il faut dormir
mais si je passe mes journées à rêver que je vole?
alors là oui.

RHAAAAA!
Le boulot du Borgne Gauchet consiste à ferrailler. Et Dieu sait qu'il s'acquitte de sa tâche avec une ferveur peu commune. En retour, il apprécierait que les gens de l'édition fassent leur travail.
éditez messieurs les éditeurs!
en Garde maintenant!!

Le Borgne Gauchet sait mater les drapés.

Mais il n'est pas caustique avec les moustiques.

ma nouvelle pipe.

Stéphane Delagrange
27, rue Fresnel
~~75016~~ 47206859

Le métro pour aller poser les agrafes des pattes de manche chez John Christophe Meunier. Aujourd'hui, j'avais dans les mains mon premier album de Bol.

il neige. À Paris.

Quand les artistes sont morts,
on ne peut plus les interroger,
et c'est cela qui est intéressant.
Une oeuvre qui cesse d'être
mystérieuse ne mérite plus
qu'on s'y arrête.

Hugo Pratt est mon dessinateur préféré.

Jupiter et Antiope.

toujours d'après Dubout.

belles dames du temps jadis. essais de costumes

la jeune oie blanche
un peu hypocrite.

la vieille qui
en a vu beaucoup.

Je n'ai pas de couleurs. Je n'ai pas de couleurs.
Je n'ai pas de couleurs. Je n'ai pas de couleurs.
Je n'ai pas de couleurs. Je n'ai pas de couleurs
Je n'ai pas de couleurs. Je n'ai pas de couleurs
Je n'ai pas de couleurs. Je n'ai pas de couleurs
Je n'ai pas de couleurs. Je n'ai pas de couleurs
Je n'ai pas de couleurs. Je n'ai pas de couleurs
Je n'ai pas de couleurs. Je n'ai pas de couleurs
Je n'ai pas de couleurs. Je n'ai pas de
couleurs. Je n'ai pas de couleurs. Je n'ai pas
de couleurs. Je n'ai pas de couleurs. Je n'ai
pas de couleurs. Je n'ai pas de couleurs. Je
n'ai pas de couleurs Je n'ai pas de couleurs.
Je n'ai pas de couleurs. Je n'ai pas de
couleurs. Je n'ai pas de couleurs. Je n'ai
pas de couleurs. Je n'ai pas de couleurs.
Je n'ai pas de couleurs. Je n'ai pas de
couleurs. Je n'ai pas de couleurs. Je n'ai pas
de couleurs. Je n'ai pas de couleurs Je n'ai
pas de couleurs. Je n'ai pas de couleurs. Je
n'ai pas de couleurs. Je n'ai pas de
couleurs. Je n'ai pas de couleurs. Je n'ai
pas de couleurs. Je n'ai pas de couleurs. Je
n'ai pas de couleurs. Je n'ai pas de
couleurs. Je n'ai pas de couleurs. Je n'ai
pas de couleurs. Je n'ai pas de couleurs
Je n'ai pas de couleurs. Je n'ai pas de
couleurs. Je n'ai pas de couleurs. Je n'ai
pas de couleurs Je n'ai pas de couleurs. Je
n'ai pas de couleurs. Je n'ai pas de couleurs.

page incantatoire. je pensais que par ces punitions je progresserais en couleurs. trente ans plus tard la couleur reste à mes yeux un mystère.

25

Adresses : Japon Manga :

Pierre Alain SZIGETI
KODANSHA LTD
2-12-21- OTOWA BUNKYO-KU,
TOKYO 112-01 Japan

---

Jean Louis (comics)
42-93-33-53 domicile -
42-54-96-54 - atelier.

Atelier : 18, rue Germain Pilon, 18e,
Domicile : 17, rue Capron - 18e

Blutch : 20, rue Germain Pilon. 18e

Joann selon Lewis Trondheim.

15 février 1994. Je viens de passer une excellente soirée en compagnie du couple Lewis Trondheim. J'ai fait des pâtes à la crème.

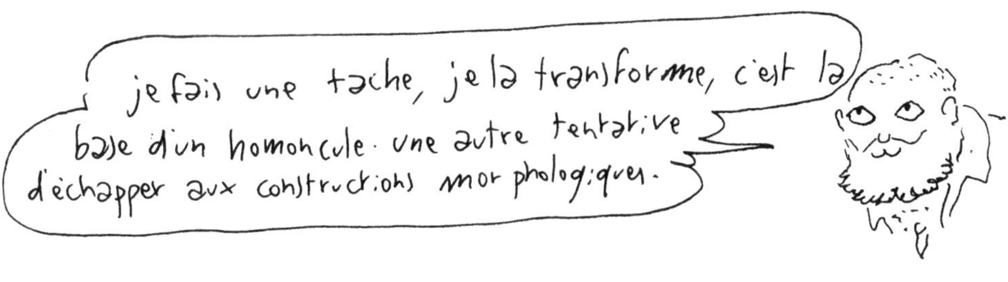

tentative de dessiner Fred d'après des photos.

hé ben ptit Gars, y a encore du boulot. ouaip.

Fred ressemble à un gros matou

faudra songer à faire rémouler les céleris.

Dimanche 3 avril, après le repas, mamie fait la sieste.

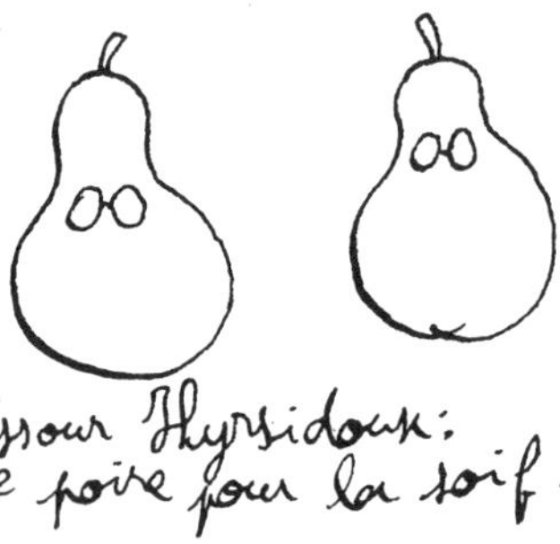

Ossour Thyrsidoux : une poire pour la soif.

on entend parler ici d'albums qui paraîtront bien plus tard. chacun de mes personnages a fait l'objet de nombreuses tentatives. Sauf le chat du rabbin. Le chat naîtra tout seul lorsqu'en quelques mois les tours jumelles s'effondrent, ma grand-mère d'Algérie meurt et mon premier enfant vient au monde. Donc, après "Young Man".
Aujourd'hui, je vais
aller pour la première fois
travailler à l'atelier Nawak.
On est pas sortis de l'auberge,
Ça fait
beaucoup de travail. Et
puis il faut aussi terminer
le "professeur Bell" pour mai
avancer "Waldo" pour le 12 avril et
aussi Canterbury pour enfin signer!

est-ce que ça m'apprend quelque chose, de copier mes maîtres? Oui finalement oui.

Pour transformer un dessin de Pratt en un dessin de Joann, il faut faire un peu mieux les yeux et beaucoup moins bien le reste. Et puis mes bonshommes sont moins baraqués.

Je suis curieux de savoir le genre de chef-d'œuvre qu'aurait pu peindre Rembrandt s'il avait été obligé de satisfaire aux exigences d'un gros con d'éditeur de bandes dessinées

das haus der Vampyre

das Vampyrgezüchte, das längst von den Räumen Besitz ergriffen hat liebt solche Orte und fühlt sich dort behaglich, wo sich der Mensch schaudernd abwendet

AK 49

Yaacov Kurtzberg = Jack Kirby. Kirby est né le 28.08.1917 et moi le 28.08.1971. Cette magie m'obsède depuis toujours. il faudra attendre "Le Ministère secret" en 2020 pour qu'il apparaisse dans un de mes albums !
Mean Jack Kurtzberg est professeur de philosophie.

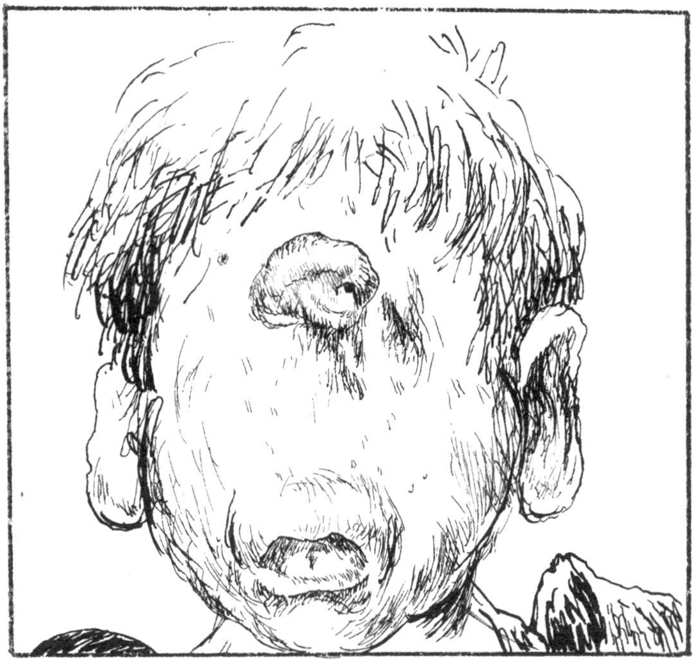

Voici un petit goût d'orient vu dans les livres.

Hier, c'est-à-dire samedi, j'ai vu Jodorowski à la Fnac de Nice, il a acheté des BD japonaises ineptes et des livres d'ésotérisme. Il faisait la gueule, était tout de blanc vêtu, flanqué d'une jeune fille, et m'a fait l'effet d'un vieux con.

Je vais faire un patte de mouche sur Pascin, avec plein de lavis.

La musique klezmer

quelques cases de Chester Gould pour apprendre à dessiner simple.

Humpty Dumty

Vincent Ehrenstein.

J'essaie depuis peu un nouveau régime inspiré du système hégélien. Mais je ne maigris pas.

le 10 août
1994.
papa L.V.

mon père, 6 allée Maeterlinck, à Nice.

J'ai toujours rêvé
d'avoir un chien.

Mais dans mon
studio, avec la
moquette, ça poserait
plein de
problèmes.

Et puis à l'Atelier, ils ne me
laisseraient pas l'emmener. ils ont
déjà viré le chien de TRONCHET
alors bon.

Hum. Je vais inventer
le chien dans mon carnet.
Tout d'abord, il lui faut
un nom...

Fantomas: chien

Au début, je voulais un bouledogue anglais mais ça renifle et ça bave.

Un dogue de Bordeaux aussi, mais ça renifle, ça bave, en plus c'est énorme et ça vit pas vieux.

j'aime aussi les bull-terriers mais j'ai peur que mon chat s'entende moins avec eux.

Finalement, c'est un bouledogue français. Mais il faut qu'il soit noir parce que Sandrina préfère :

en fait, je crois qu'elle n'aime pas beaucoup ces chiens et qu'elle se dit que noir, il passera plus inaperçu.

Reste maintenant le problème du collier et de la laisse.

ces chiens-là, je les préfère tout nus alors s'il doit porter un collier, autant en trouver un discret.

il est également temps de se demander si Fantomas est assez intéressant pour figurer dans mes B.D.

"Le Chat du Rabbin" n'existe pas encore. Je me documente sur les Maghrébins à la guerre et dans la pègre. Je ne jure que par Duvivier. Je crois que je rêve de faire un Dick Tracy d'Algérie.
Comme Riviera ?
gny
et Motorisés,
les Tabors de
er Maroc,
les admirables
du Bataillon de
s Commandos et
pe Naval d'Assaut
accompli des pro-
enlevant le cap
Coudon, le Faron
udrière de Toulon,
nos camarades
qui, en haillons
ains presque nues,
pitoyablement har-
presseur avant de
iser,
e chef suprême, le
de Gaulle, vient de
les acclamations
ues de la popula-
fruit de sa clair-
incomparable et
1

2

3

des prunes tombent mollement sur le
Nous sommes le 3 ou 4 villa

er rythmant mon travail.

ca. Parallèlement.

Villa America, Villefranche-sur-mer, chez les parents de Sandrina. Cette maison a été dessinée dans "Pascin" et dans beaucoup de mes carnets. Celle-là, et la Villa Romaine de mes grands-parents maternels, qu'on voit dans "Petit Vampire". Ce sont mes deux endroits préférés au monde.

le 14 Août. Villa "America". Avec Sandrina, nous réfléchissons à notre prochain voyage en compagnie de Claude et Franck. Je suis paresseux parce que je dessine toujours cette vue du même endroit.

15 Août 1994 : découverte des premières pages des nouvelles aventures d'Adèle Blanc-Sec. Enthousiasmant, à tous points de vue. Le dessin cesse d'être tape-à-l'œil et figé, il est tout vivant, simple et tressautant. L'humour amer de l'auteur ne s'émousse pas au fil des albums. Au contraire. La couleur me semble avoir été appliquée directement sur les originaux, peut-être à l'aide d'encres. Tardi tente le tour de force de rendre cohérents les innombrables événements inexpliqués survenus dans les albums précédents. Mieux, il introduit dans cet album des personnages et éléments tirés d'autres histoires à lui, donnant à l'ensemble des faux airs métaphysiques : s'il n'était si jeune, je penserais à un testament. L'usage de photographies pour la documentation me gêne moins qu'avant.

Mon été 1994 se passe en compagnie de Blake et Mortimer, ainsi que d'Albert Cohen.

# LES AVENTURES D'OSSOUR HYRSIDOUX

On cherche parfois longtemps ce qu'on a sous les yeux. Je me suis emmerdé pour dénicher un alphabet pour le titre de mon carnet alors que j'avais sous les yeux des albums de Jacobs dont les lettres font très bien l'affaire : à la fois sobres et un peu datées.

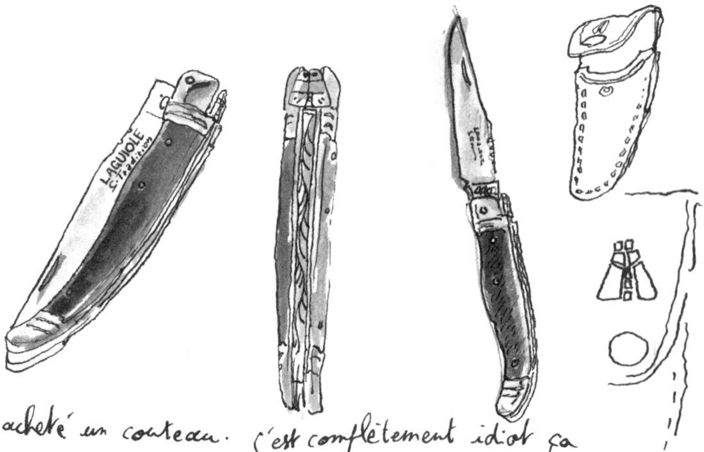


16 août. J'ai acheté un couteau. C'est complètement idiot ça sert à rien. Soi-disant parce que ce sera utile pendant le voyage. En fait, c'est juste pour l'objet qui est joli. Ça donne envie de couper des tas de trucs mais j'ai beau chercher, je ne vois pas ce que je pourrais déchirer de mes coups de lame pour assouvir mes délires virils tardifs. C'est à huit/dix ans que les petits garçons se passionnent pour les canifs. Espérons au moins que je ne vais pas me couper à force de l'ouvrir et de le fermer.

J'essaie de me souvenir du plus de détails possible afin de décrire la pipe que Sandrina doit m'offrir pour mon anniversaire pour qu'elle ne se trompe pas.

Il s'agit d'une <u>Peterson of Dublin</u>, la pipe des hommes qui pensent, de la série des <u>Sherlock Holmes</u>. Je ne me souviens plus du nom du modèle mais je peux la dessiner:

Je me demande si elle ne s'appelle pas "the Baker Street" ou "the original".

21 Août. Sur les conseils de Pierre Dubois, j'ai commandé un livre de Jacques Landy. Le seul que j'ai pu trouver est "Le Royaume d'Edgar J." Pierre trouve que mon dessin ressemble à celui de Landy. Je crois que c'est un peu vrai, surtout pour les couleurs, certains décors urbains et les petits diables et monstres noirs aux grands yeux. Les dessins de Landy sont très attachants, sauf pour les petits Poulbots rondouillards et mal fichus qu'il met partout. Je partage avec lui un amour pour Callot, Brueghel et Rembrandt. Là où nous différons, c'est quand il commence à ressembler à Rackham que j'admire de moins en moins. Et puis il y a aussi son côté Belge, de la Belgique d'Hergé. Les Belges que j'aime, ce sont Ensor et Jean Ray. Comme le mien, le dessin de Landy manque de force et de génie. Mais après tout, nous ne sommes que des dessinateurs de bandes dessinées.

Je n'ai jamais vu qu'un dessin copié vaille mieux que l'original ou même qu'un dessin exécuté sans modèle. Cependant, la copie est un exercice profitable. L'intérêt ne réside pas dans le fait de reproduire une forme, mais plutôt dans le cheminement mental qui permet de comprendre l'esprit qui a créé cette forme. Quand on copie un dessin, on reste un spectateur. Mais un spectateur attentif et patient. La copie permet de rester plus longtemps devant un dessin que n'importe quel spectateur.

C'est avec ce genre de petit personnage que Laudy me semble être le plus original et intéressant. Parfois, ses dessins trahissent de grosses carences morphologiques, en ce qui concerne la mécanique du bras et de la main principalement. Mais ces bourdes ne choquent pas. Au contraire, elles ajoutent au charme maladroit et rustique de l'ensemble.

Ainsi déguisé, le professeur Mortimer pensait pouvoir échapper au boucher de Minsk. Mais aux alentours de minuit, le bruit des chaussures aux semelles de crépe se fit à nouveau entendre. Cette histoire risquait de finir en eau de boudin.

Petrus Barbygère va
peut-être se retrouver en
couleur directe. Enfin, sépia surtout. Je me pose
cependant des questions en ce qui concerne la mise en
page. Doit-elle être aussi rigoureuse que dans les 2 pages
du projet ou jouer les pages bordéliques où les dessins
se superposent ?

Allons, monsieur, signez-moi au plus tôt un contrat en bonne et due forme et vous en serez quitte pour quelques égratignures.

du vieux Brandy et un gros Havane, Petrus Barbygère était armé pour subir le long récit de son invité.

Éditez, que diantre!
Éditez, messieurs les éditeurs!!
mpf, 'vais finir au chômage, moi.

# Pascin

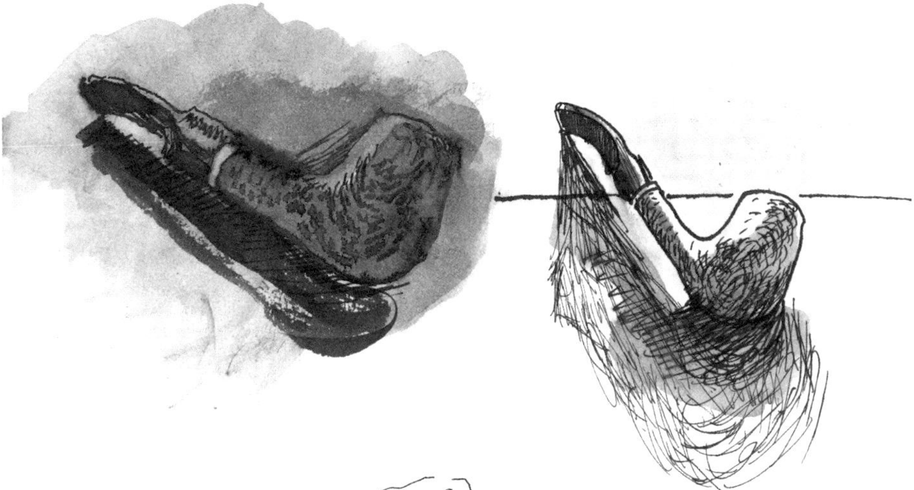

Finalement, et même si dans l'absolu le Hollandais vaut mieux que le Bulgare, j'aime mieux copier Pascin que Rembrandt.

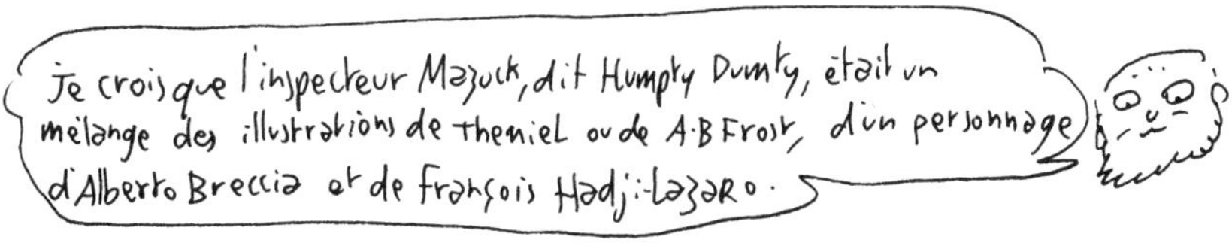

All the King's horses and all the King's men couldn't put Humpty Dumty on his feet again.

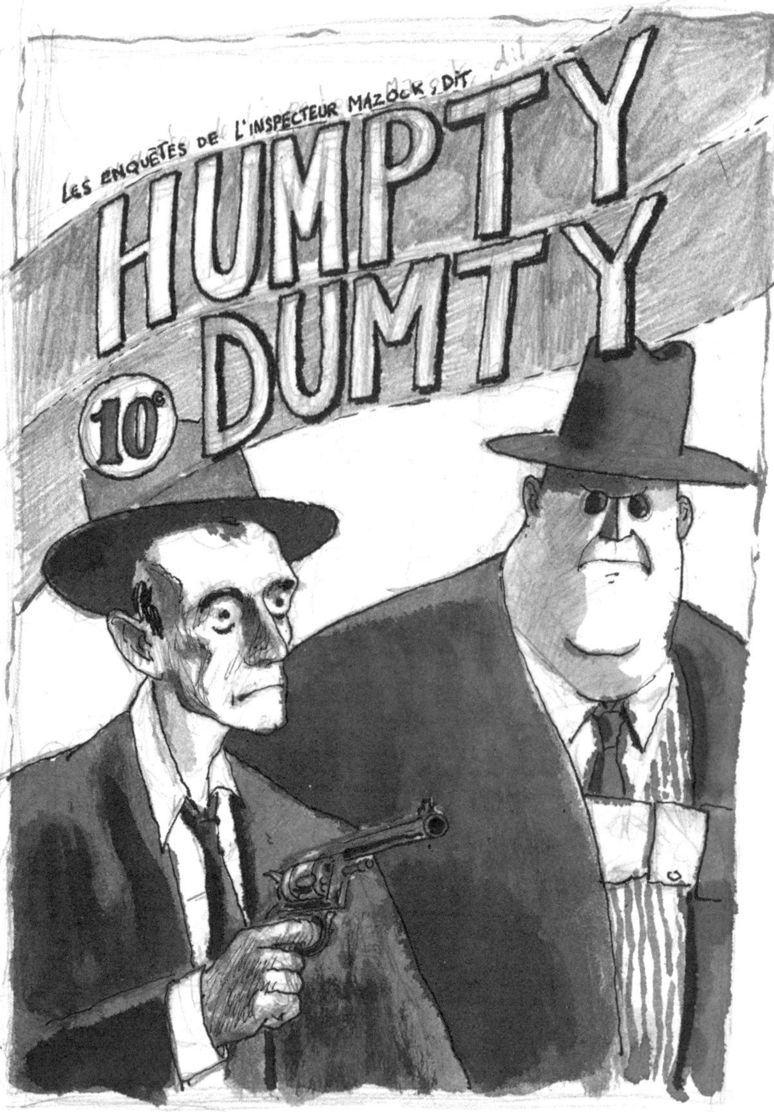


[redacted]ciation
100 rue la Folie Mericourt.
75011

LES ENQUÊTES DE L'INSPECTEUR MAZOCK, dit HUMPTY DUMTY.
LE NAPOLEON DU CRIME
25¢
LB05
Est-il bon que je brandisse une arme sur cette couverture? Pour les jeunes, je veux dire.

Manitas Dekhaffé
Lui, bien longtemps plus tard, ça deviendra le tchokola de "klezmer".

Je pense que le "Golem" de Meyrink est un roman involontairement antisémite. Je crois que tout l'expressionnisme de la UFA est également un entrelacs : avertissement de la tragédie qui vient et éponge des haines populaires. L'artiste donne à voir. Avertit parfois sans le vouloir. Et moi qui m'identifie aux monstres par le rôle qu'on donne et aux juifs et à l'orphelin. Pour survivre je joue et j'en ris.
Le Golem
NOX
Le peuple est un Golem, dit-on.

La compagnie des lampes de l'atelier
retrouve le propriétaire de chaque lampe.

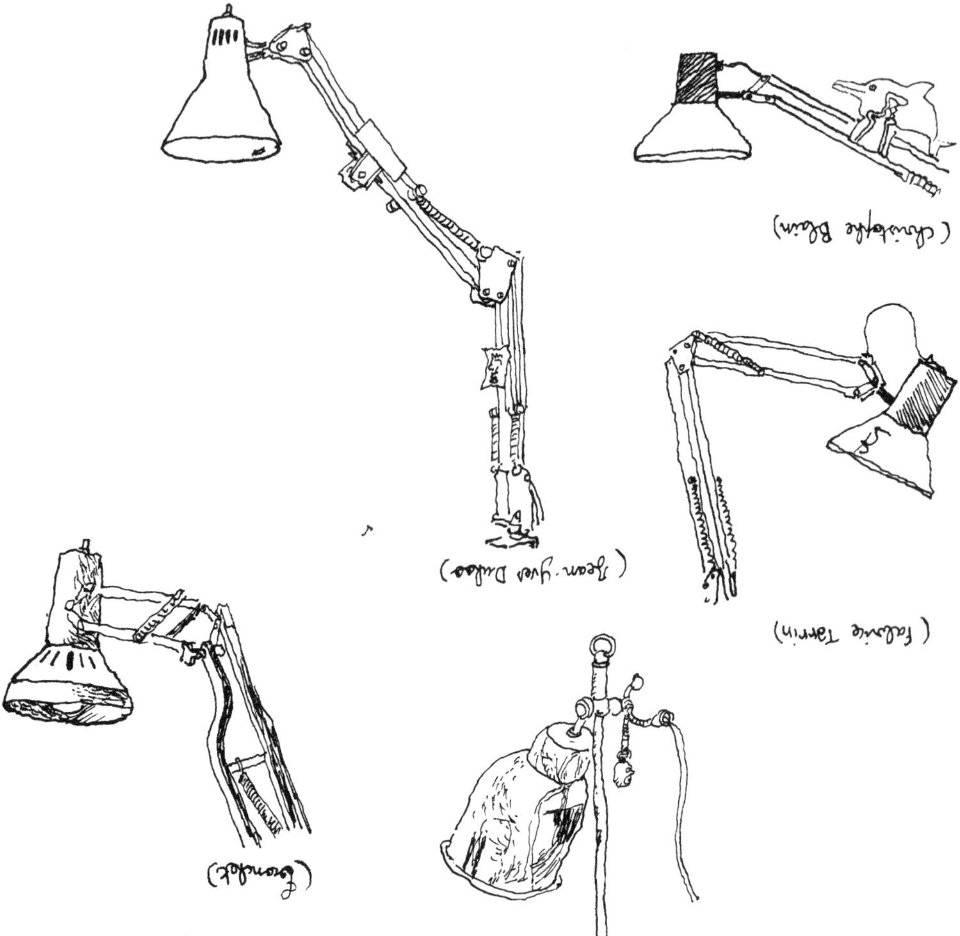


vers la Defense avec les Sablons 69 du Gal De Gaulle
rue Paul Déroulède ... 106
16h45. 46-24-51-62

(Joann Sfar)

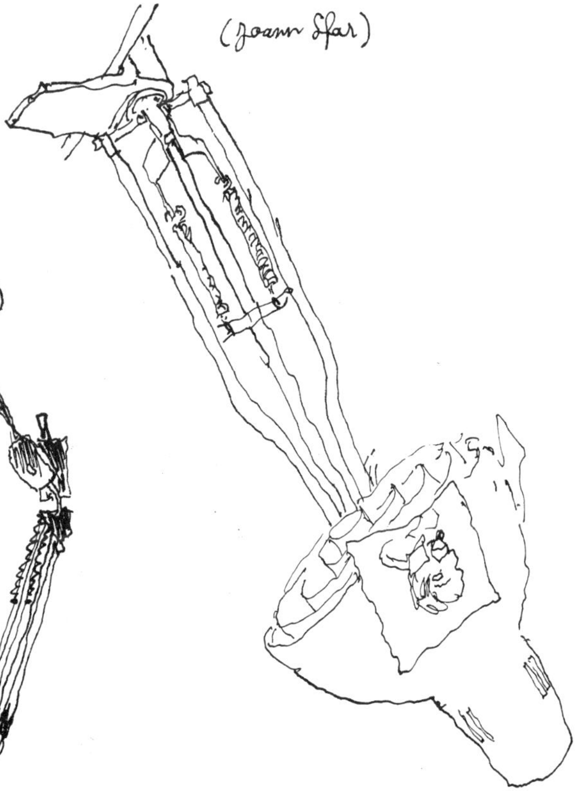

(Hélène Micou)

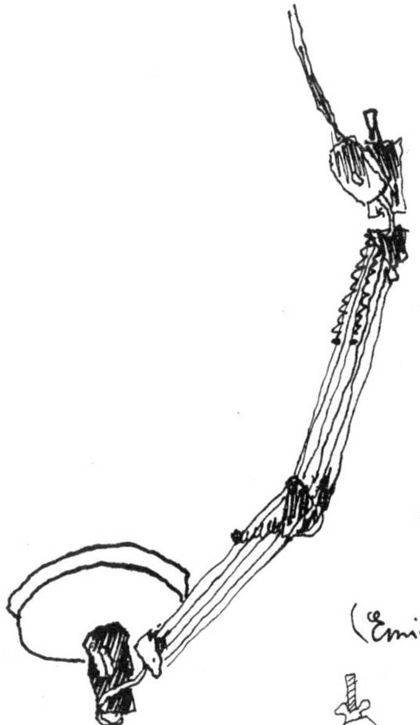

(Émile Bravo)

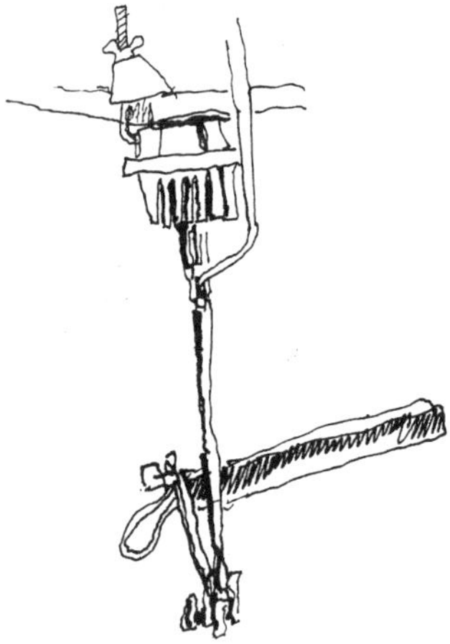

à peine de retour de Martinique, Ch

Le Blain recommence à faire des siennes

Joann, fais le malin, fais l'intelligent ! Nous savons tous que tu rêves secrètement de rouler au volant d'une bagnole de la mort sur la promenade des anglais en regardant les filles. (N'as-tu même jamais pensé chercher Sandrine à la fac avec ta voiture pour faire pâlir tes copines ? hein ? hein ? Salopard !)

Ce matin, avant
de venir à l'atelier
j'ai vu Goldorak à
la Télé - Mon pauvre
Joann, si tu savais !
Actarus a bien vieilli...
C.

L'ouverture de "la chauve-souris" de Johann Strauss

Le petit monde de Michel Douflon

Fernand, le vampire humaniste.

Eliaou, le père de Rachel.

28 Septembre. J'apprends avec une grande tristesse que Peter Cushing est mort le 11 Août dernier.

il y a peu d'acteurs dont j'ai autant copié le visage et la démarche. il était mon Joseph Bell mon Sherlock Holmes et mon Moriarty.

S'il s'était suicidé, ça aurait fait Peter "Pan!"

Le DIBBOUK qui est toujours à faire des sales coups.
L'esprit des morts. La Peur incarnée Le fou furieux.

Avec lui tu vivras de grandes aventures.
NOUVEAU
Ses yeux bougent
habille-le
fais-lui fermer sa gueule
fais-lui fumer la pipe
G.I. Joann
habille-le encore
Ce dessin est de Christophe Blain et ils m'avaient vraiment offert un G.I Joe "G.I Jew". Je me me rappelle plus s'il était habillé en déporté ou en nazi mais il était très bien.
Au sujet des blagues qu'on a le droit de faire ou pas, j'aime beaucoup mieux quand on a le droit. Le ventre qui tombe sur le slip est parfait!

un œuf, c'est aussi
un homme, mais pas
encore. Ça peut être
un cafard, mais
un poulet aussi,
ou alors un poussin,
ou une omelette.

David B.

viens sur la route fleuri-ie...
qui conduit vers le bonheur

Sandrina est inquiète en ce moment elle se pose beaucoup de questions qui l'empêchent de trouver le sommeil. Nous sommes le 16 Novembre 1994, ce soir, nous avons été invités au restaurant Monte-Carlo.

et Soliman s'en fout de tout.
Il est maigre et je ne sais pas quoi lui faire manger.

Je n'ai pas assez d'argent pour lui acheter du poulet.

① Sur les Champs-Élysées par André qui vit à Paris depuis une semaine. Ça fait drôle.

Je suis très angoissé en ce moment. Après de nombreux espoirs déçus, je commence à me rendre compte que les éditeurs installés s'intéressent à mon travail mais ne veulent décidément pas prendre le risque de me publier.

Il faut que je me concentre sur le comix, "Lapin" et "Le Cheval Sans Tête" qui sont mes seules chances de salut.

Par ailleurs, et cela compte beaucoup dans mes angoisses, je me retrouve avec plus de 4000 francs de découvert sur mon compte en banque et il va falloir urgemment que je trouve de l'argent. J'attends des réponses pour des travaux de scénario chez Delcourt ou Vents D'Ouest

9 Janvier 1995. Sandrina et moi sommes ensemble depuis sept ans

23 Janvier 1995
Joann Sfar chez
Delcourt
Petrus Barbygère

Joann Sfar. 2, rue Guisarde, 75006 Paris
telephone: 46-33-72-24.
Carnet commencé le 25 Janvier 1995.

Aujourd'hui, c'est l'anniversaire de ma grand-mère. Hier soir, excellente soirée avec Émile, Louis & Brigitte, David et Marie, Frédéric Boilet, Sandrina et moi. Émile nous a raconté un projet de livre pour enfant, sur la guerre avec de la bagarre très bien. Nous avons vu la couverture de l'album de Louis. On a fini au Birdland. Il y a deux jours, j'ai signé chez Delcourt. Cet Après-midi, départ à Angoulême avec Louis. C'est la première fois que j'y vais. Je dois mettre mon temps libre à profit pour trouver une famille d'utilisateurs de Mac pour Alfie. Je voudrais faire des Canards genre Tintin.

Peterson of Dublin, pipe des hommes qui pensent, présente:

# Joseph Bell

## contre les hommes invisibles.

Pour retirer sans douleur son cerveau, il faut un cintre en fer bleu. C'était ainsi, dit-on, que faisaient les embaumeurs de l'Égypte ancienne. Je tiens cette information pour vraie, elle m'a cependant toujours laissé perplexe. J'ignorais que les égyptiens utilisaient des cintres.
Merci, mon vieux.
Tenez-vous prêt, je vous branche sur sa glande pinéale.
GZ.
La glande pinéale se trouve entre les sourcils, un peu plus haut. Elle est responsable des fameuses érections cérébrales. Mais c'est bien pratique.
II

Dans ces cas-là, il faut vite se déconnecter, sinon, c'est le crash.

III

9 Mai 1995 : La librairie Super-Héros s'y prend un peu tôt pour ses ex-libris. Mais bon, je suis bien content du résultat. Si les délais sont respectés, Barbygère devrait paraître en sept/octobre. Actuellement, je suis en page 15. c'est-à-dire que j'ai 3 mois pour faire 30 pages...

12 Mai 1995. Je reviens de l'expo Chagall.
Il y avait un tableau comme ça :

Ça s'appelait "Le Miroir et la lumière venait d'ailleurs que de la lampe dans le miroir." Comme si un miroir ne pouvait pas transmettre de lumière, comme pour dire que la vie est dans le réel et pas dans la toile.
Idem pour le rabbin qui prise, accroché sur le mur d'en face

le 3 Juin 1995. Taxi avion pour Nice. Papa s'est cassé le col du fémur. Je rentre pour prendre soin de lui.

5 Juin : comme si tout ça ne suffisait pas, pépé a eu un œdème des poumons ce matin. Je suis avec mémé aux urgences. Papa à St Georges, Pépé à St Roch et moi au milieu.

6 Juin : et mon autre grand-mère a eu un malaise. elle est aussi en réanimation à St-Georges !

C'est la période où il faut à chaque fois se précipiter à Nice de peur que quelqu'un ne meure. Je me souviens que je fais des excès de vitesse en pleine nuit dans ma Renault 5 Bluejeans - je vais d'un hôpital à l'autre.
Ce n'est pas un groupe. C'est le même oiseau dessiné à plusieurs moments.
Celui qui dessine est comme un lézard attentif.

Hum, chasser la mort, c'est facile

Je ne sais plus quel jour est morte Esther Malka mais je me rappelle qu'il fallait lui donner de l'eau gélifiée pendant des semaines et que son visage n'était plus son visage.
27 Juillet 1995. l'image du jour. La mort à l'oeuvre.
arrête.

malheureux les
car ils ont mal à la
main droite et au
dos et au cou et
ils se opposent des
malheurs infaillibles
et ceux
paraît-il par le
langage...
Je vais dormir
pour longtemps
j'espère
Le vibraphone peut
sonner à tout moment
pour vous annoncer
la mort.
J'ai des problèmes
Je fais parler Ossour à la
première personne.
peut-être que la pratique
des bandes dessinées pollue
mon dessin. Ça donne des tics.
Le dessin anatomique et
morphologique également.

Liliane Haftel est née à Metz le 18 Février 1949.

décédée le 11 janvier 1975 à l'âge de 26 ans elle aurait aujourd'hui 46 ans. c'était ma mère. j'aurai 24 ans le 28 Août 1995 deux ans de moins qu'elle à son décès. Aujourd'hui, Samedi 29

CIC Paris Angle Rivoli/Sévigné.

Juillet 1995 Ma grand-mère paternelle est décédée.

un jour, je dessinerai et j'écrirai" les merveilleuses aventures du Capitaine Yellow Shoulder"!

Bon mais avant ça, il faut faire au moins deux Barbygères, et de toute façon, je n'arrêterai pas Barbygère parce que j'apprends beaucoup avec Pierre. Mais ce cochon ne répond toujours pas au téléphone alors que je sais qu'il est chez lui dans son jardin et qu'il ~~vit~~ préfère lire à l'ombre que travailler. le monstre!

Sais-tu que les pirates n'arboraient pas toujours le pavillon noir, parfois, ils sortaient le Jolly roger rouge, qui signifie "pas de quartier". Quand les victimes voyaient le pavillon rouge, elles se rendaient instantanément ou préféraient sauter à l'eau....

À bientôt.
J.

J'aimerais pouvoir regarder directement mon oeil droit avec mon oeil gauche. Avoir les yeux au haut de deux antennes orientables

Michel Simon : "tout le monde s'en va, et ce sera mon tour bientôt. Oh. Vous irez me voir au cinéma."

Le 21 Août, Hugo Pratt est mort à l'âge de 68 ans. Décidement, c'est plus un carnet, c'est un avis de décès.

Je ne pourrai jamais le rencontrer.

C'était mon dessinateur favori, avec Fred. C'est probablement celui auquel je dois le plus car grâce à ses livres, je me suis intéressé à plein de choses. Pratt, c'était une passerelle vers les livres de littérature anglaise.

Le soir - film avec Lee Van Cleef.

Le radiateur
de la villa
Romaine près
de la
télévision. Au-dessus,
un tableau avec un
pêcheur.

Madame, Monsieur,

Auteur de Bandes dessinées depuis un an, je risque de perdre mon emploi à cause de mes obligations militaires :

En effet, les 4 contrats que j'ai signés en 1995 ~~stipulent~~ m'obligent à livrer mes oeuvres ~~courant~~ ~~durant~~ avant la fin du premier semestre 1996.

Dans le cas où ces délais ne seraient pas respectés, je me verrais dans l'obligation

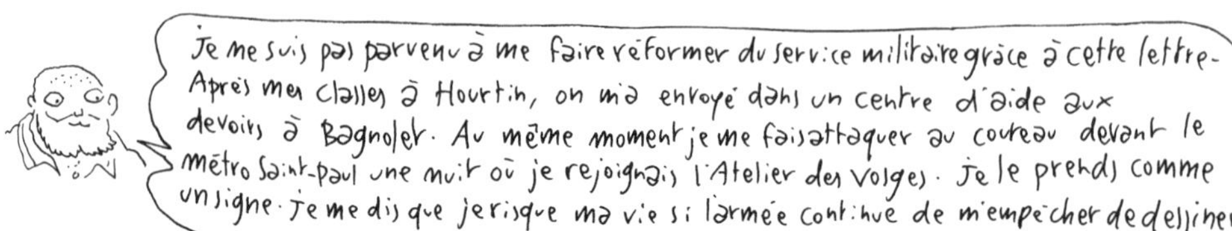

de rembourser les avances sur droits d'auteur perçues à ce jour (près de 50 000 F).

~~Par ailleurs~~

j'attire votre attention sur le fait qu'il s'agit de mes premières publications et que mes employeurs ne me pardonneraient pas un tel retard. (le statut d'Auteur ~~est~~ était bien plus précaire que celui d'employé).

Je file chez le psychologue militaire et je lui raconte n'importe quoi. Je lui dis que j'ai une peur panique des enfants, et que j'ai envie de casser toutes les vitres du centre d'aide aux devoirs et de me sauver par la fenêtre. J'utilise les émotions encore fraîches de l'attaque au couteau pour bien jouer la scène. Il me réforme aussitôt en me donnant le numéro d'un confrère dans le civil.

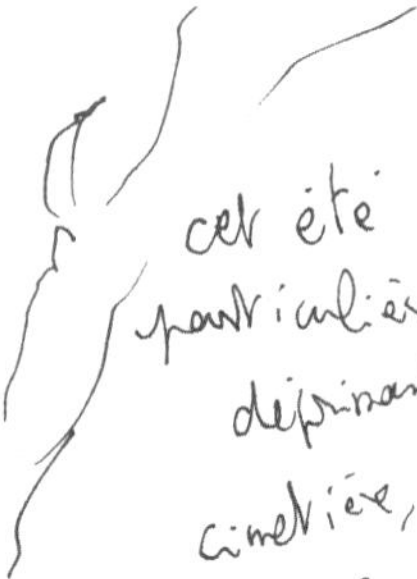

cet été fut
particulièrement
déprimant.
cimetière, hôpital, cimetière.
même le jour de mon anniversaire,
cimetière.

Mais j'étais heureux
d'être un mois ici
la villa du cap
d'Antibes.
Heureux également
des 2 semaines
que
Joselu et Julia

ont passées ici.

Heureux aussi de ma
couverture de Barbygère que Delcourt a adorée.
Ce n'est pas si fréquent de recevoir des
compliments.

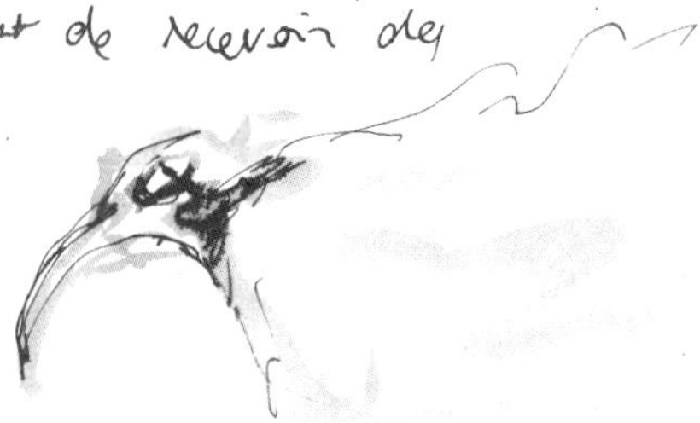

Je ne tue pas les lutins. Je les ramasse lorsqu'ils sont déjà crevés. À bien y regarder, celui en bas à droite me semble être seulement une peau de lutin qui a mué et non un cadavre, comme si le ver trimballait cette coquille vide pour prouver, en transparence, l'existence de ces êtres fantastiques dont la rencontre directe est prohibée.

j'ai trouvé un lutin décapité, voici une tentative de reconstituer sa tête

Claude a encore appelé!
Claude et Jean David t'ont appelé
TÛT! TÛT! TÛT!
Christophe Blain: dessin de telephone.

mais on t'aime bien aussi Joann
Emmanuel

En ce moment, tout le monde fait des caricatures de monsieur Boulze, notre adorable propriétaire.

EMILE BRAVO
RAAAH!!!
MADAME PAYET!!! LA PORTE N'EST PAS FERMÉE!!!

boule

vous sçavez
jch'ai retrouvé des traces des boulzzes ayant habité icÿ au 17e siècleu.
notre escalier.

Et fi nouf faifionf une Légende du Moyen Âge.

Alors
Sfarfadet !
On
oublie
son
beau
carnet
plein
de
tératologie
partout
là
à
la
pizzeria !
la
pizzeria
"chez
Momo"
rue
Saint
Antoine
(où
tu
as
mang
force
spagh
bolog
qu'après
c'est
encore
le
pauvre
Gullibert
qui se le
colfine !

tiens tant que j'y suis je te fais aussi un Hiram Lowatt
et un Joann
voi- là
Emmanuel
23 octobre 1995
h ben...
c'est du prop!
foidbarbigère

Photo où Émile et moi faisons de la figuration pour l'album de Frédéric Boilet.
Au second plan, on voit ma place à l'atelier Nawak.

Emmanuel m'a dessiné

Je trouve dommage que l'intelligence
des lecteurs n'entre pas en compte
lors du calcul de la rémunération
d'un livre : les droits d'auteur
devraient être indexés en fonction
du quotient intellectuel et de
l'indice de satisfaction des lecteurs.

merveilleuse histoire british dans les toilettes de l'hôtel Charing Cross. (un véritable Palace).

joann

un monsieur chic

le monsieur: "excuse me, ~~[illegible]~~, may I ask you what time ~~is~~ it is ~~please~~?"

Joann: "would you mind waiting ten or twelve seconds and i'll be able to tell you .....

... it's half past six.

le monsieur: thank you, ~~[illegible]~~

Joann (s'en allant): good bye sir

le monsieur (toujours pissant): good bye.

– Janvier 1996 – J. Sfar rencontre le Lycanthrope à Londres.

David et Christophe petits

Lewis Trondheim et Émile Bravo

Emmanuel Guibert

Dessins de
Christophe Blain

regarde blaim lăā

↙ Christophe Blain fait le bête.

fin de journée
après plusieurs
verres de rouge

5/20
peut mieux faire

On chante
Brassens
avec JJ dubai
et Christophe
Blain.

la maman qui dort

il est triste car
on l'a séparé de la
maman et
du bébé.

Les mamans orangs-outans sont des mères juives très gentilles.

j'apprends
à dessiner les
femmes grâce
à John
Willie,
et
Bernet a
dû avoir
le même
professeur
que moi

4 janvier 1996. Pépé fait la sieste et mémé regarde "les feux de l'amour" à la télévision.

sandrine est partie travailler à Paris mais elle m'a laissé des petits bouquets de fleurs.

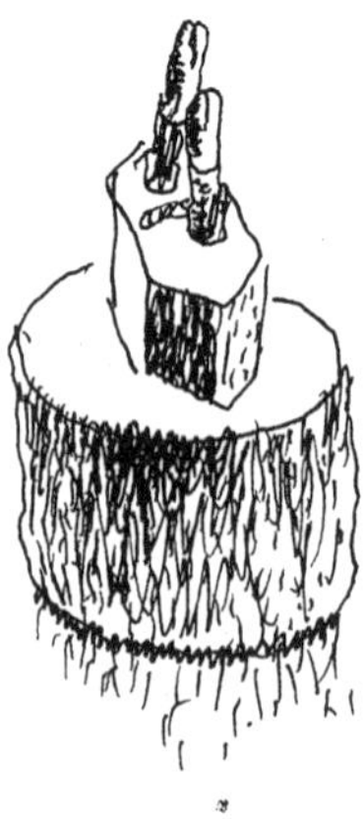

Il a fallu acheter des adaptateurs pour brancher les instruments modernes qui n'étaient pas compatibles avec les PRISES de la maison.

j'ai acheté une pipette en plastique dans laquelle je mets de l'encre grise, ce qui me permet de l'emmener partout avec moi.
Emmanuel utilise depuis longtemps ce genre de choses. Moi, je me suis longtemps torturé et j'ai tâché d'inventer des systèmes pour transporter l'encre.
Aux Beaux-Arts, l'invention dont j'étais le plus fier était celle-ci:

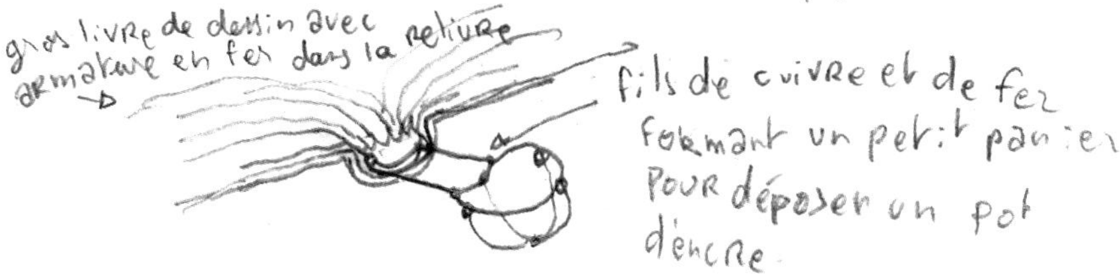


Comme c'était un gros panier, on ne pouvait y mettre que des gros pots d'encre, et je le renversais au moins une fois par séance.

13 février 1996

J'ai bien du mal à me remettre à Paris-Londres laissé de côté depuis si longtemps...

23 mai 1996...
Petit déjeuner

Ça fait du bien de se remettre au dessin d'après nature, au dessin pour le plaisir. Depuis quelques mois, je délaisse mes carnets au profit des bandes dessinées. Quand on arrête de dessiner d'après nature, on assiste à la lente agonie de son dessin d'imagination, comme un membre où le sang cesserait de couler. Dessin d'après nature et dessin d'imagination vont de pair. Abandonner un des deux c'est détruire l'autre.

Je n'ai plus d'argent et il y a deux jours,
j'ai acheté trois gros livres chers sur
Yvan Chichkine, Valentin Serov, et sur les peintres
dits pompiers. C'est la fuite en avant.

Ma situation "professionnelle" ne va pas très bien
car Dupuis ne veut pas du Professeur Bell.
Plutôt que de le montrer à d'autres
éditeurs, je préfère le laisser de côté et
travailler sur Koschka, mon histoire
de cosaques.

Le boulot ne va pas mais moi, je vais très bien
Je me remets à mes carnets, me promène le long
de la mer, et je lis à nouveau, comme
si l'absence de travail était gage d'épanouissement
personnel.

Je lis "Tarass Boulba", et "Les derniers jours
d'Emmanuel Kant" par De Quincey, cadeau
d'Emmanuel.

Za Porogue — nôtres seules cosaques
(au-delà) (du Dniepr).

Héros mythique: Sviatoslaw. ("le vrai cosaque d'autrefois).

+ les cosaques du Don s'inféodent à Moscou
+ ceux d'Ukraine à la Pologne.
+ les Zaporogues restent libres.

Stanitza: village fortifié.

ataman: chef élu.

Boulava: bâton de commandement.

Unité de distance: la Verste = 1067 mètres.

Tchou: aller à cheval.

Pou: Tirer.

- le Khan Koutchoum, maître ~~[illegible]~~ Mongol et aveugle du Royaume de Sibérie.
capitale: Iskar.
- Tapis de Boukhara.

Bogatyr: géant.

armement traditionnel cosaque: - long fusil sans crosse
- sabre courbe sans garde
- poignard
- pistolet
- lance

Juin 1996. train à destination d'Orange, 9h30.

Je m'en fous de pas trop remplir les pages, j'ai de l'argent maintenant.

1er juin. une fleur dans un verre dans la maison de Louis et Brigitte.

Nous avons mangé des cerises du jardin, plus sucrées encore que la glace au chocolat. Lewis m'a suggéré d'écraser une cerise sur ce dessin pour faire le rouge de la fleur. Pierre et Jeanne sont mignons comme tout. Lewis connaît les noms de plein de plantes de son jardin et également les chemins qu'empruntent les fourmis.

Kris

il y a un homme israëlien qui hurle sur ses deux petits enfants. une dame explique à voix basse à son compagnon qu'elle a parlé au type et que ça doit être un trafiquant d'enfants.

24 juillet 1996. avec Totophe. retour au Bistro Tokyo. ancien fief de l'atelier Nawak. On passe devant Nawak. impression de dérèglement.

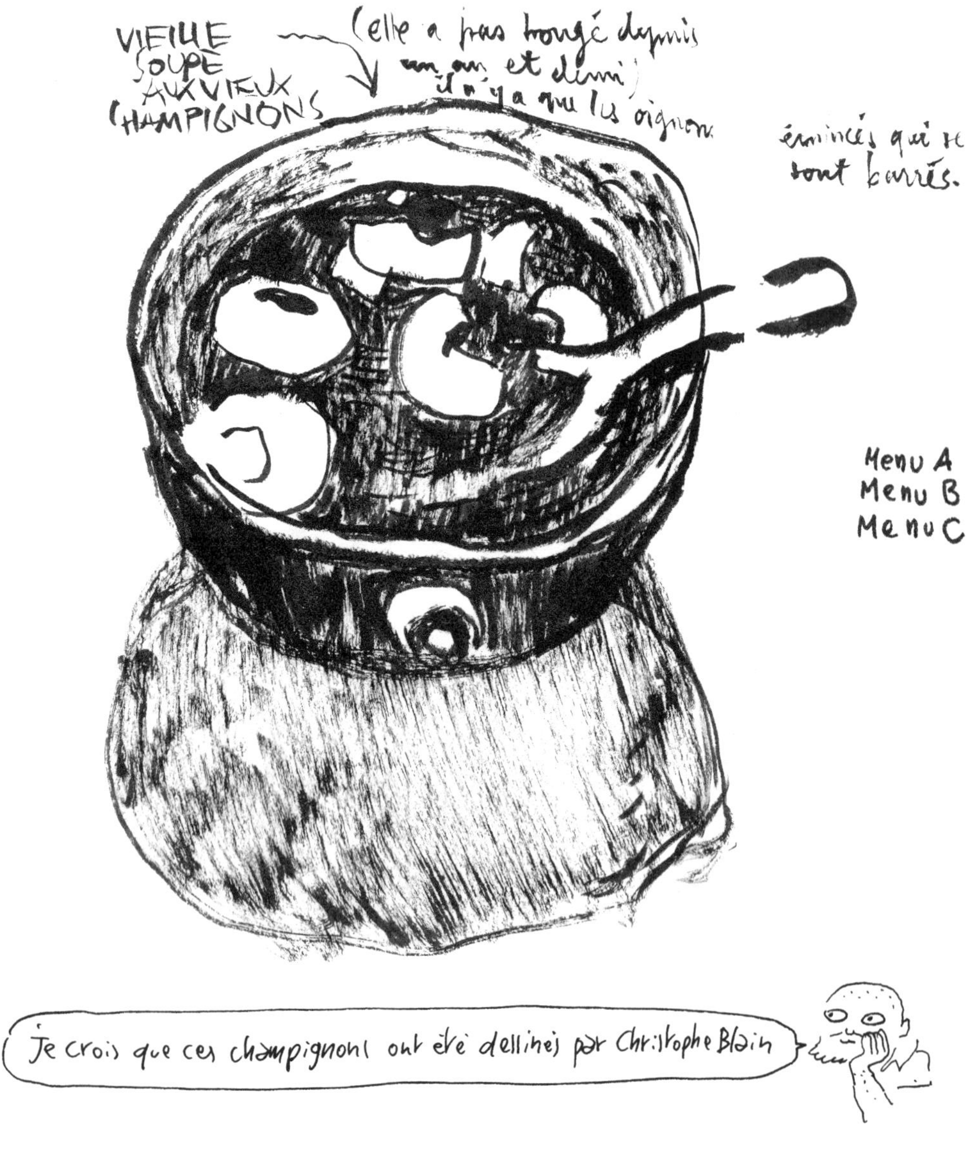

Voilà pourquoi on a du mal à chapitrer cet ouvrage. Manifestement on était déjà à _l'Atelier des Vosges_ mais on retournait à _Nawak_ ?

Cosaque du XVIe siècle
Cosaque du XIXe siècle
(en gros c'est pareil)

3 août 1996. Koshka a été refusé par Casterman et Delcourt.

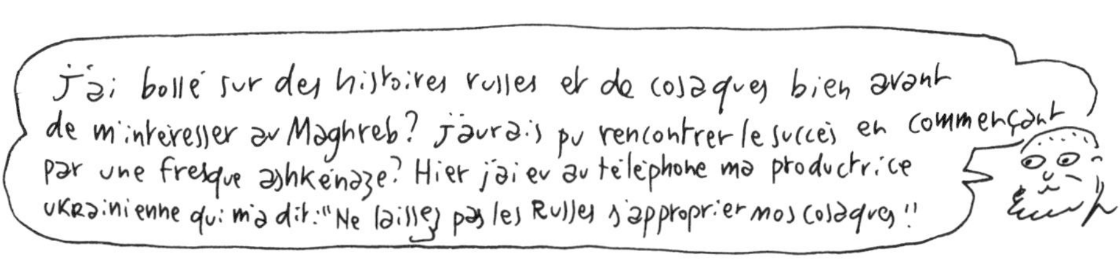

26 Août. Christophe est en train de dessiner en sifflant.

31 Août 1996 : j'ai eu 25 ans il y a quelques jours. Tout va bien. Je vais beaucoup à la piscine.

Emmanuel

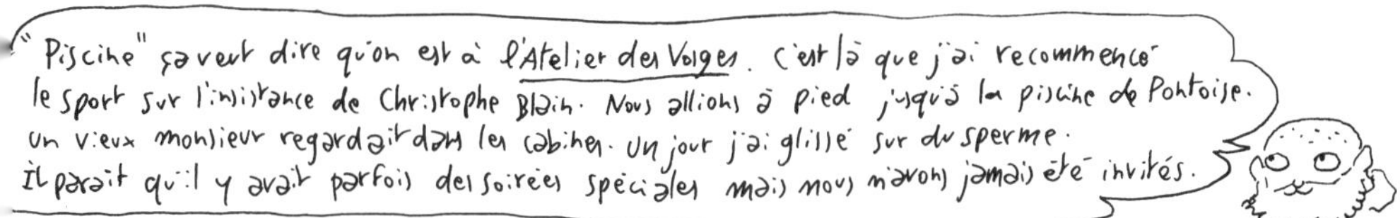

il y a les poissons d'isabelle à l'atelier - les pauvres
je plains d'autant plus ces poissons que je ne me souviens plus qui était isabelle.

24 octobre 1996 - Nouveaux carnets, noirs, comme j'aime, nouveaux feutres, je suis content.

j'ai mal à mon appendice caudal.

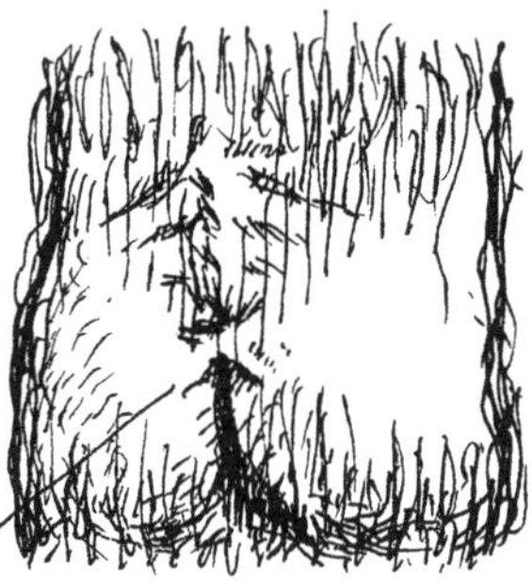

depuis ma naissance, j'ai au cul une couture naturelle qui ressemble à ça et peut faire croire, par le pli qu'elle forme, que j'ai deux trous de balle. J'oublie parfois pendant des années cette excentricité ectodermique. Seulement, depuis deux jours, une boule dure s'est formée sur le versant fesse gauche de la couture. Je passe mon temps à m'asseoir sur l'autre fesse pour ne pas souffrir mais j'ai mal quand même et commence à sentir des vertiges. Je suis chez un docteur. José Luis et Julia sont là.

dix minutes plus tard. Le fondement en charcuterie.
c'était un abcès. Vous avez bien fait de venir.
c'est embêtant ces choses-là. ça aurait pu
fistuliser.

J'ai encore plus mal qu'avant. J'ai des difficultés à m'asseoir et trois jours de dédicaces m'attendent. Rha! Du pus dans mon cul! Si la base me lâche, tout est perdu....

Même contre le moelleux fauteuil du taxi j'ai mal aux fesses...

il m'a fait un pansement de dessin animé : gros comme ça :

Le lendemain.

allez donc vous faire tout seul un pansement aux fesses ! Malgré deux miroirs et de la patience, l'entreprise n'est pas aisée. Quelle déception ! vu pour la première fois l'abcès à l'œil nu : à peine plus gros qu'un bouton d'acné. Las, même mon second trou du cul est si petit qu'il ne mérite même pas d'être évoqué. On est peu de chose.

3 juillet 1998. c'est amusant de retrouver ce vieux carnet jamais fini où figure le récit du début de mes problèmes de cul. Deux ans après, ça fait toujours mal alors on m'a opéré anesthésie générale, clinique catholique, croix en bois et Christ en pierre sur les murs de ma chambre et dans le jardin, infirmières/bonnes sœurs qu'est-ce que je suis allé foutre là-dedans, comme Dracula se précipitant dans une Église. c'était il y a deux mois et le corps qu'on m'a retiré a pour nom kyste pilonidal et avait pour volume trois centimètres cube et après deux mois de cicatrisation que c'est toujours pas fermé et que je peux pas me baigner, je constate que j'ai autant mal au cul qu'avant. impossible de fréquenter cinémas, avions et fauteuils de coiffeur. M'aurait-on opéré d'un truc inutile?

Pour l'histoire il faut surtout dire que c'est Christophe Blain qui a soigné mon cul pendant tout un été! chaque nuit il me changeait les mèches, me foutait de l'éther et refaisait le pansement. Puis on allait danser au Whisky A Gogo et vomir sur les portières de ma Renault 5 Blue Jeans.

7 Novembre 1996. Le voyage à Jérusalem commence par un incident d'avion. il fait de plus en plus froid dans l'appareil, les gens se plaignent des oreilles. il y a un problème de dépressurisation : une des portes de l'avion ne se ferme pas bien ! Les hôtesses la colmatent avec des serviettes !! on atterrit en catastrophe à Mulhouse. Fabien a dormi pendant tout ce temps.

à 10h45, on redécolle dans un autre avion qui a l'air plus solide. Durant la pause, on a parlé avec des Israéliens, un est comme ça :

il y a une vieille dame comme ça qui est rigolote et qui ressemble à ma mémé.

17h20. L'arrivée est ratée. Le bus Egged nous emmène à Jérusalem. beaucoup de jeunes militaires, garçons et filles, l'air tendus. Je ne crois pas qu'ils rigolent beaucoup en ce moment. ils sont froids avec nous. On n'adore pas les Français en ce moment.

Fiches de personnages mais vous les connaissez si vous lisez mes carnets.
Fabien Delpiano
Claude Seyrat.
mes amis d'enfance

8 Nov. 6h. On a dormi au Jérusalem inn. Jérusalem est une ville joyeuse malgré de fréquentes alertes et des ballets de gyrophares.

9h20. Nous sommes entrés à Jérusalem par la porte de Jaffa. Avons visité les quartiers chrétiens, juifs et Arméniens. Vu également le Saint-Sépulcre. Très impressionnant.

on a très vite la gorge sèche
dans ce pays.
gros
corbeaux

Old city Restaurant. 14h30
On a marché sur le chemin de garde.
J'ai pris plein de photos. On traîne dans
la vieille ville. J'ai été pris au mur.

Le premier temple. Hobgoome

toujours plus loin dans la vieille ville. Nous sommes parfois surpris par des cohortes de vieilles voilées qui, ensemble, se rendent on ne sait où. Toujours plus de thé. Toujours plus de pâtisseries au miel. Ils ont des djellabas blanches et rouges qu'ils n'appellent pas djellabas et des barbes jamais faites qu'ils nomment djellabas. Et tout à l'heure, c'était une femme fantôme, entièrement cachée sous un drap noir la recouvrant des pieds à la tête, et portant aux mains des gants de velours noirs. Elle est restée debout devant la pâtisserie, immobile, pendant au moins 3 minutes, à réfléchir aux gâteaux qu'elle allait manger.

Encore un salon de thé. Le soleil va se coucher. Nous sommes sur une petite place avec un oranger au centre, près de la porte de Damas. Le propriétaire du café me vend un narghilé et du tabac gluant, Nakhla, à la pomme. Nous sommes heureux d'être là tous les trois, Claude, Fabien et moi. Jérusalem est la ville des chats. Ce qu'ils ont perdu en pigeons, ils l'ont gagné en chats. Les gens de toutes les communautés semblent ~~t.~~ gentils et intelligents, je me demande pourquoi ils n'ont pas encore réussi à s'entendre.

Je parle donc de tout sauf du fait que je suis ébloui par les filles israéliennes et que Zlabya est sans doute née lors de ce voyage. Sous une forme éthérale d'abord, dans l'album "les poupées de Jérusalem". Il s'est produit la chose suivante : ce qui me semblait familier chez mes cousines et les filles juives de France est soudain devenu étrange à Jérusalem. Le dessin a suivi tout naturellement, comme pour répondre à une énigme.
le soir, on écume les pubs, c'est ouvert malgré shabbat.

Rue souterraine menant à la mosquée

Trop sombre pour des photos.

Fin de shabbat. Les Hassidim dansent sur Kikar Zion.
On les regarde longtemps. ils irradient.

Ce bâtiment est à l'extérie
des remparts, entre la Port
de Jaffa et la porte d
Damas.
Je vais l'utiliser pou
maison des prêtres.

dans les remparts, près de la porte de Jaffa.

ils dansent une espèce
de Klezmer endiablé :
l'un d'eux se contorsionne en
riant, un autre saute à
pieds joints tout autour de
la place. il y a même un
adolescent timide vêtu d'un manteau
à rayures qui se laisse aller à danser.

Le verrou qui interdisait de dessiner les femmes juives était "à double tour":
1. Le fantôme de ma mère
2. L'exigence paternelle que j'épouse une fille juive.
Les israéliennes font voler en éclats ces vieilles terreurs - elles s'imposent à ta table et c'est : "tu me dessines?" Le temps de répondre "non" elles ordonnent "alors, dessine-moi".
J'ai tenté de dessiner la chanteuse israélienne Noa mais je crois que ce profil ressemble surtout à ma maman.
et j'ignore ce que le singe Picallo de la Fondation Maeght fiche là !
Picallo

Tous les soirs, après dîner, Fabien s'endort devant le téléviseur et il se réveille au milieu de la nuit pour rejoindre sa chambre à tâtons, comme un somnambule.

Avril 1997
anniversaire de Claude

Emile Bravo

Premier dessin de Sardine, qui n'est pas encore "de l'Espace". Elle s'appelle ainsi car Saulus, le cousin cubain de Sandrina peine à prononcer son prénom et dit "Sardiña, sardiña". Sur son chapeau, le chat c'est Myrtille, le vieux matou de Sandrina.
Sardine

Capitaine Epaule Jaune

27 janvier :
1998

avec David B.

David et Joann commencent à travailler sur leur projet de Blake et Mortimer. Il se peut qu'ils soient contraints de changer les noms des personnages. Tous deux travaillent au scénario. David encre, Joann crayonne. Didier Christmann est enthousiaste et les paie très bien.

SPALDONI
JIMMY WHITE
BALDI STARK
Johnny Mintworth
CUT famon
Chester Gould

Sandrina me manque. Je dessine des photos d'elle.

Sur un an et demi en thaïlande j'ai retrouvé bien peu de dessins. Me manquent les îles, tout un carnet sur les singes d'Ayutthaya. Des visites hebdomadaires au stade Lumpini et les danses et le fleuve et les journées dans les KHLong chez les collègues de Sandrina. J'ai tout dans la tête. Ce dessin je me le rappelle très bien : le type était vexé et voulait casser la gueule à deux Belges dans une boîte où un groupe Live jouait du OFFSPRING. Sandrina est parvenue à éviter un bain de sang ce soir-là.

SNAKE SHOW KOLLAMVI
le boxeur a 12 ans
la petite demoiselle
qui tient compagnie au
gros monsieur allemand
qui ressemble à un cochon.
le second boxeur. 17 ans
Le gros monsieur allemand
qui ressemble à un cochon
ils se battent comme des savates mais ils se
collent des vraies beignes super fort - ça me fout
mal à l'aise.

Sandrina est amie du chef des arbitres du stade Lumpini. Nous y allons tout le temps.

Pourquoi le serpent ne pique-t-il pas le gros monsieur allemand qui ressemble à un cochon?

et l'autre qui se fout des serpents dans le slibard !
et le mec du micro qui agite une bite en bois et chante "Happy cock" Top classe !
Scolopendre
Scorpion
Là il y en a un qui se fait piquer plein de fois par un scolopendre pour montrer comment il est immunisé et après il le mange et après il s'en met un dans le slip.

le monsieur a l'air dégoûté par les serpents. s'il savait ce qui me dégoûte, moi.

SINGHA
LAGER
BEER
Trade
Mark
6303
WERY CO.LTD.
Je me nomme Ossour,
je me sens vieux, engourdi,
comme si personne ne m'avait
dessiné depuis longtemps, comme
si on ne m'adressait plus, comme
si on considérait que je ne suis plus
représentatif des humeurs de l'auteur.
je me sens
abandonné.
j'ai l'impression que pour des raisons
très narcissiques, Joann préfère se
représenter sous les traits d'un jeune
homme qui lui ressemble plus.

Moi, le bonhomme ridicule, mûr et ventripotent, je lui convenais, tant qu'il avait une gueule d'adolescent.
À présent qu'il a une tronche d'adulte il n'a plus besoin de moi et il ne me dessine plus par peur d'un jour me ressembler.
bah...
finalement, on n'est jamais content !

TAXI

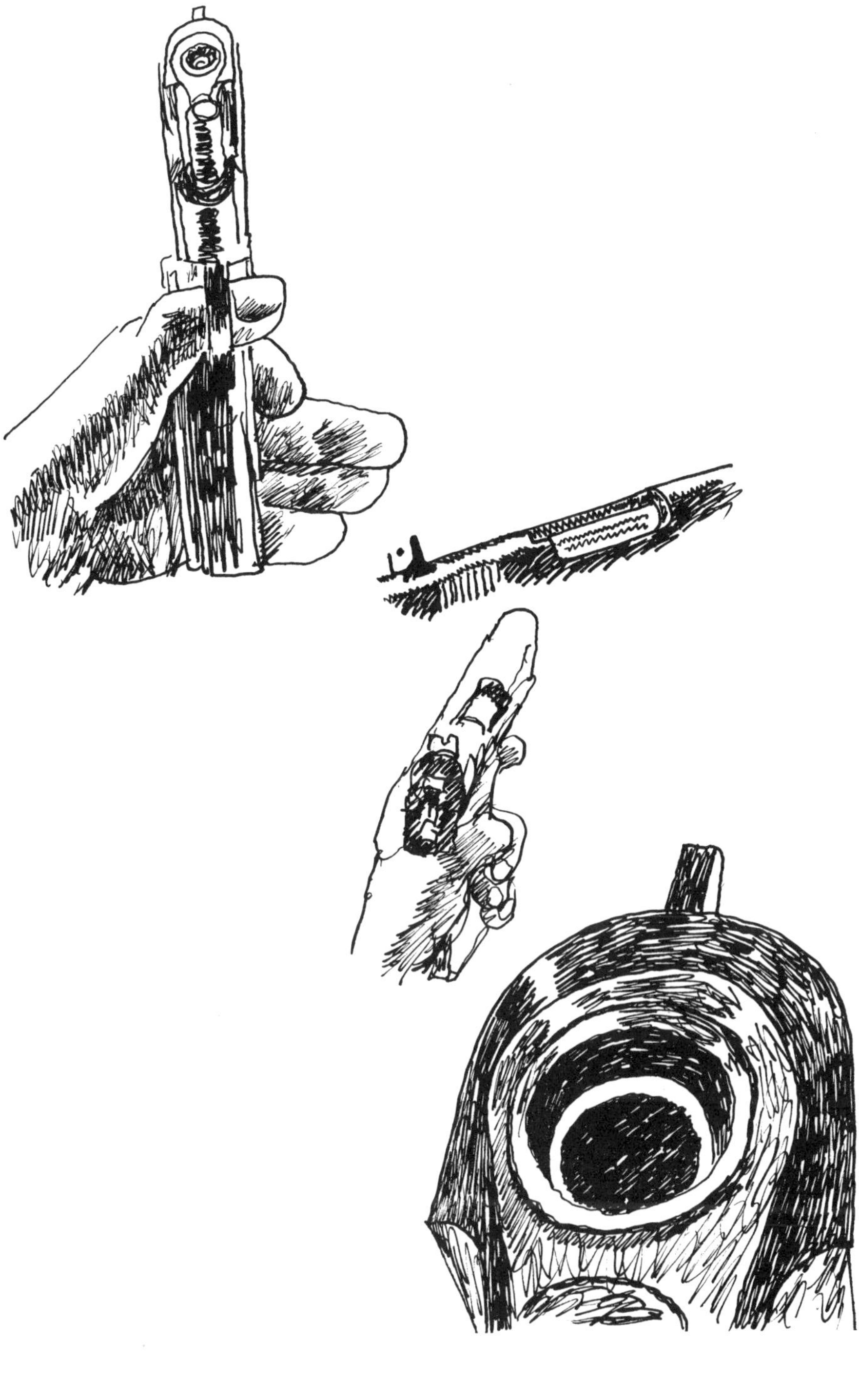

La mort de mon grand-père? ou une de ses nombreuses attaques cardiaques? Des retours en catastrophe depuis Bangkok. Je me rappelle lui avoir annoncé qu'il apparaîtrait dans "Petit Vampire" et il avait répondu: "Ne me donne pas un air con"!

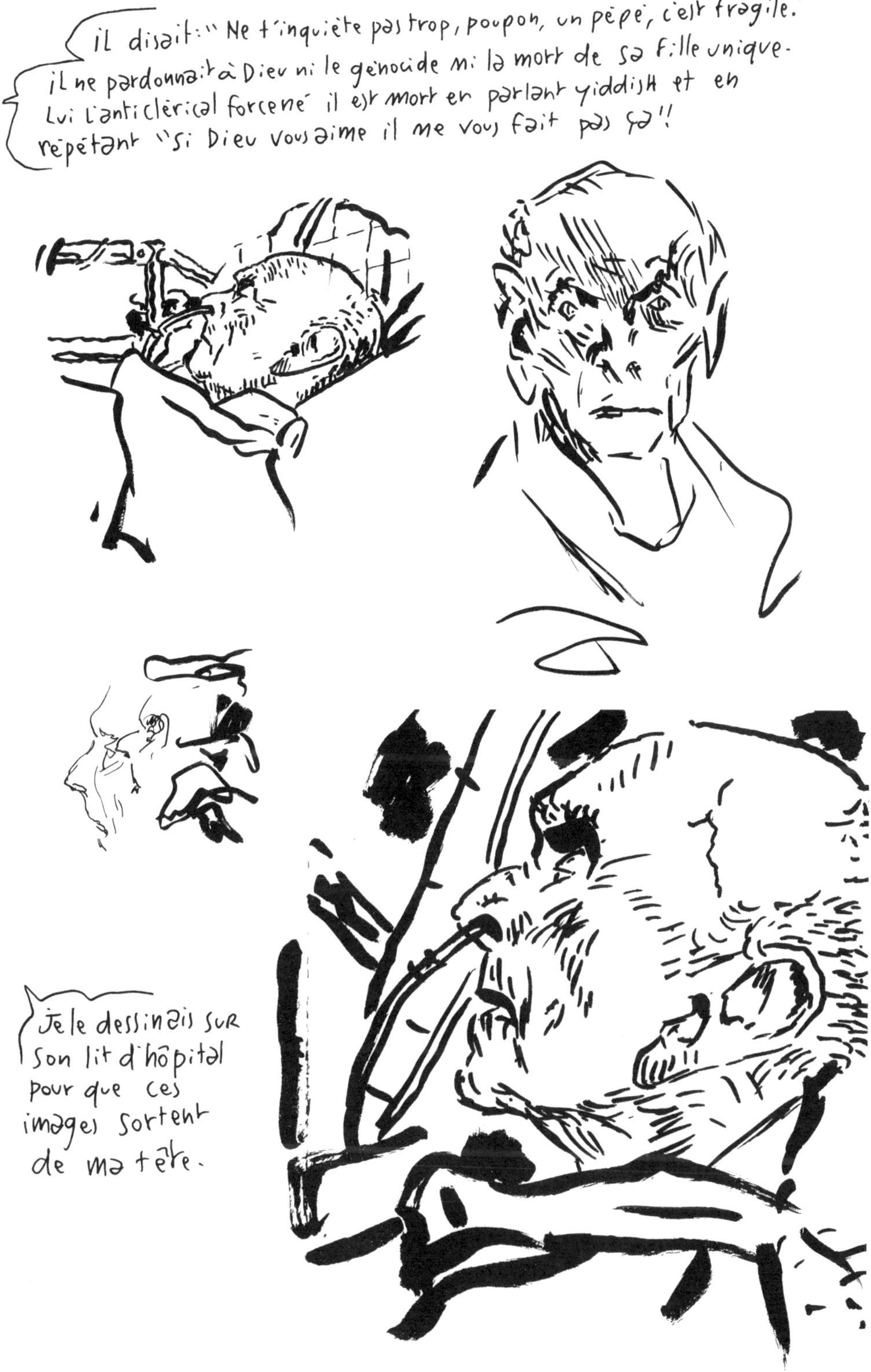
il disait : " Ne t'inquiète pas trop, poupon, un pépé, c'est fragile."
il ne pardonnait à Dieu ni le génocide ni la mort de sa fille unique.
Lui l'anticlérical forcené il est mort en parlant yiddish et en
répétant "Si Dieu vous aime il ne vous fait pas ça"!
Je le dessinais sur son lit d'hôpital pour que ces images sortent de ma tête.

En Thaïlande, dès qu'il fait froid c'est-à-dire dès que la température descend en dessous de 25/30°c, tous les chiens mettent des t-shirts ! Tous ces chiens qui vivent dans la rue mais que les gens nourrissent et choyent se trouvent affublés de tricots multicolores sous prétexte que leurs maîtres ont froid et oublient qu'à leur différence, les canidés ne sont pas glabres, qu'ils ont non seulement du poil mais aussi du sous-poil. Le chien à la truffe pelée qui dort sous notre escalier, et qui a parfois droit à une moustiquaire hémisphérique évoquant irrésistiblement une cloche ~~a~~ ~~fr~~ à fromage s'est même vu gratifier d'un haut de pyjama à rayures !

on nourrit les mainates pendant notre petit-déjeuner

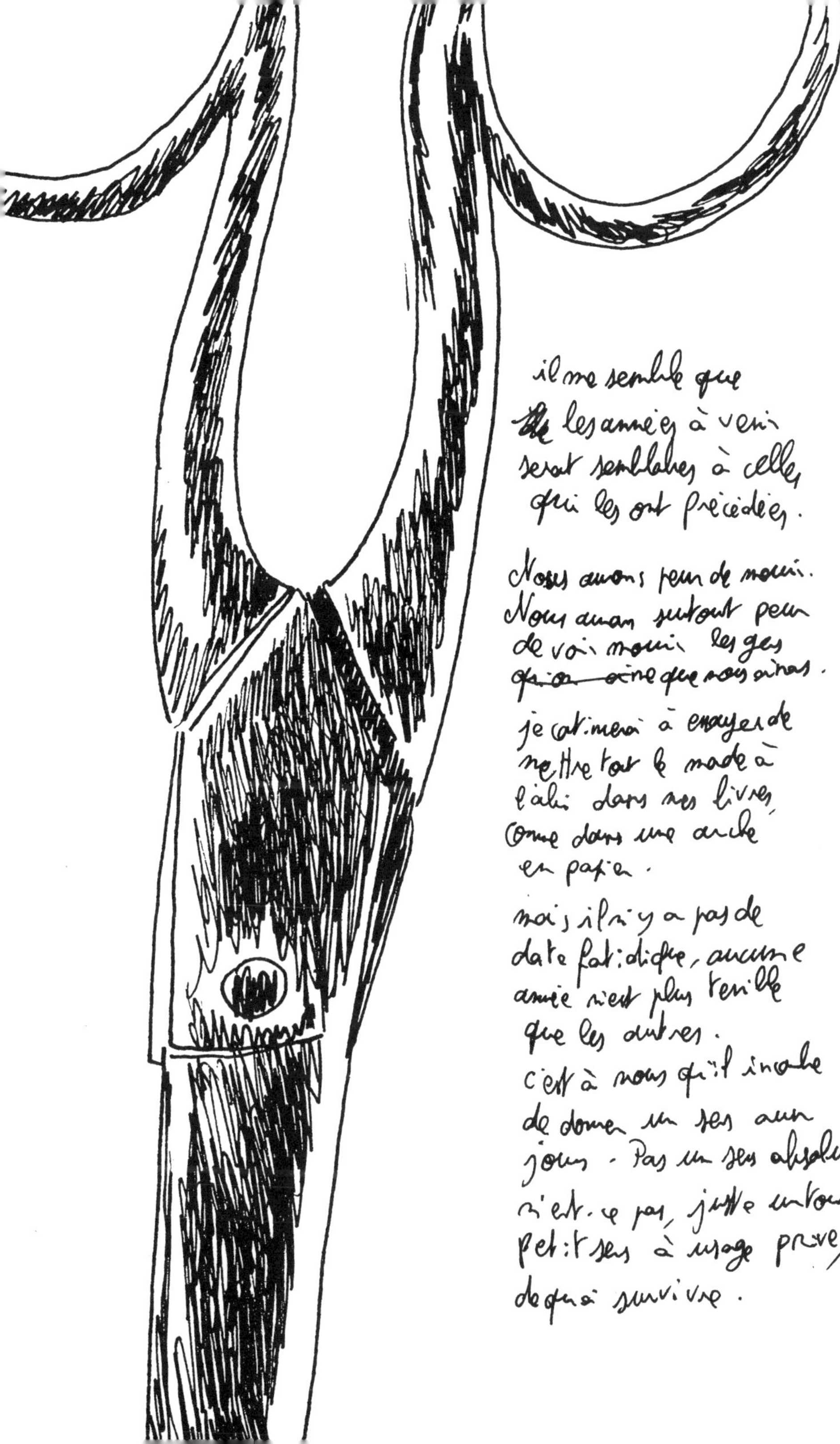

il me semble que
~~Ne~~ les années à venir
seront semblables à celles
qui les ont précédées.

Nous avons peur de mourir.
Nous avons surtout peur
de voir mourir les gens
~~qui on aime~~ que nous aimons.

je continuerai à essayer de
mettre tout le monde à
l'abri dans mes livres,
comme dans une arche
en papier.

mais il n'y a pas de
date fatidique, aucune
année n'est plus terrible
que les autres.
c'est à nous qu'il incombe
de donner un sens aux
jours. Pas un sens absolu,
n'est-ce pas, juste un tout
petit sens à usage privé,
de quoi survivre.

ça, je crois que c'est Christophe Blain
ça, je crois que c'est moi.

2 Août 2000 · je suis épuisée de dessiner tellement et dessine tellement mais ça me rend joyeux de faire ça tout le temps.

c'est mignon, l'épuisement du Joann d'Août 2000.
En juin 2023, Joann pensait souffler après la fin des "Idolâtres". Et depuis un mois j'ai dessiné trente pages pour Marjane Satrapi. J'ai fait 68 dessins pour Enrico Macias. 120 dessins pour le jeu de rôle Donjon. Une couverture avec Lewis. Aujourd'hui j'ai démissionné des Beaux-Arts et j'ai annoté les 330 pages du carnet que vous avez en mains. Ce week-end, malgré le retour de Louise et d'Ilyusha, il faut que je fasse quelques dessins pour Paris-Match. Après quoi avant mercredi je dois terminer un scénario pour Tony Sandoval. Lever : 5h, coucher : 23h. Ça me rend toujours autant joyeux ? Franchement OUI.
Mais j'aimerais des petites vacances.

c'est le mois d'Août 2000 et
je suis dans un bistro à Odéon
et il y a du soleil et des touristes
et nous déménageons dans deux
ou trois jours et Sandrine est
du 8e mois de sa grossesse et
elle ne peut pas bouger à cause
d'une sciatique et comme elle
a aussi eu une cystite il y a
quelques jours, je confonds
les noms des deux maladies
et ça l'énerve et dans très
peu de temps, je serai papa.

là, je demande un café, l'addition et je
vais aller chercher des choses que je dois ramener
à la maison.

Ma fille n'est même pas encore née et je voudrais lui raconter des milliards de choses. Je sais que je vais l'étouffer d'amour, d'attentions, de précautions, d'informations. Je voudrai lui lire et lui inventer des tas d'histoires et lui offrir tout ce que j'ai écrit comme des bombes à retardement.

je veux la faire marrer tout le temps et qu'elle soit heureuse et enjouée et mystique et qu'elle prenne l'existence avec légèreté mais sans futilité. Je veux qu'elle soit capable d'amour et de colère et qu'elle sache que les capacités d'amour, d'intelligence et de rage sont sans limites.

je pense que je mettrai un berceau près de ma table à dessin ainsi je pourrai la surveiller. je me lèverai tôt tous les matins pour son biberon et elle se rendormira près de ma table.

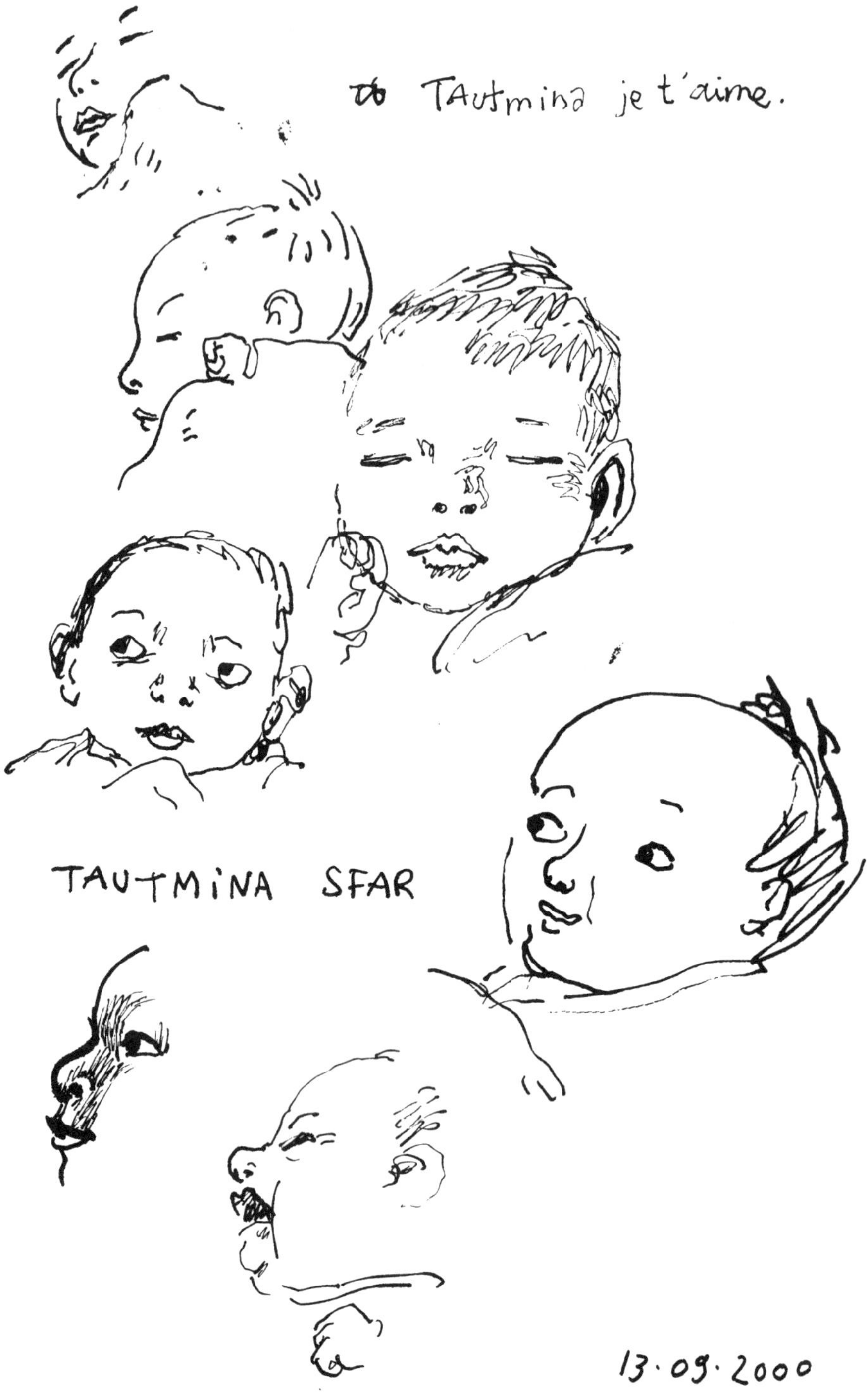
Tautmina je t'aime.
TAUTMINA SFAR
13.09.2000

# Repères bibliographiques

Pour se repérer dans les débuts de son parcours éditorial, voici une liste des publications de Joann Sfar et des premières apparitions de ses personnages entre 1992 et 2000.

NOYÉ LE POISSON,
L'Association, « patte de mouche », janvier 1994

LES AVENTURES D'OSSOUR HYRSIDOUX N°1,
Cornélius, septembre 1994

LE BORGNE GAUCHET AU CENTRE DE LA TERRE,
L'Association, « patte de mouche », août 1995

PETRUS BARBYGÈRE tome 1,
scénario de Pierre Dubois, Delcourt, janvier 1996

LES POTAMOKS tome 1,
dessin de José Luis Munuera, Delcourt, mars 1996

TROLL tome 1,
co-scénario de Jean-David Morvan, dessin d'Olivier Boiscommun, Delcourt, septembre 1996

LA FILLE DU PROFESSEUR,
dessin d'Emmanuel Guibert, Dupuis, octobre 1997

PARIS-LONDRES,
Dargaud, février 1998

DONJON ZÉNITH tome 1,
co-scénario et dessin de Lewis Trondheim, Delcourt, avril 1998

LE PETIT MONDE DU GOLEM,
L'Association, mai 1998

PROFESSEUR BELL tome 1,
Delcourt, février 1999

PETIT VAMPIRE tome 1,
Delcourt, octobre 1999

PASCIN tome 1,
L'Association, avril 2000

SARDINE DE L'ESPACE tome 1,
scénario d'Emmanuel Guibert, Bayard, mai 2000

**Joann Sfar** naît à Nice en 1971. Après des études de philosophie et les Beaux-Arts de Paris, il passe par l'atelier Nawak, rencontre Lewis Trondheim, Emmanuel Guibert, Christophe Blain... Il publie sa première bande dessinée en 1994 et signe par la suite plus de 130 titres, dont *Petit Vampire*, *Le Chat du Rabbin*, *Donjon*, *Le Petit Prince*... Histoires pour la jeunesse ou érotiques, heroic fantasy ou introspection, il visite tous les genres avec une originalité certaine et fait souffler un vent nouveau sur la bande dessinée. Son énergie créative l'emmène aussi ailleurs, en littérature, à la radio, en peinture et au cinéma avec notamment *Gainsbourg (vie héroïque)* et l'adaptation animée de son *Chat du Rabbin* ou de *Petit Vampire*.

## CARNETS DU MÊME AUTEUR

Chez Gallimard :

LES ENFANTS NE SE LAISSAIENT PAS FAIRE

ON S'EN FOUT QUAND ON EST MORT

COMMENT MAIGRIR

HAWAÏ !

À BICYCLETTE

JOURNAL DE MERDE

Chez Marabout :

SFAR, C'EST ARABE ?

SI J'ÉTAIS UNE FEMME JE M'ÉPOUSERAIS

À l'Association :

CARAVAN

PIANO

PARAPLUIE

UKULÉLÉ

HARMONICA

Chez Delcourt :

JE T'AIME MA CHATTE

SI DIEU EXISTE

CROISETTE

MAHARAJAH

MISSIONNAIRE

GREFFIER

N° d'édition : 615932 - Dépôt légal : octobre 2023 - ISBN : 978-2-07-520071-4
Imprimé en Espagne par Edelvives - Première édition

www.gallimard.fr/bd

PEFC
PEFC/14-38-00260
Certifié PEFC
Ce produit est issu de forêts gérées durablement et de sources contrôlées
www.pefc-france.org